Love
Stories
一本爱情小说集……

我们
迅速老去

杨遥　著

山西出版传媒集团

北岳文艺出版社
BEIYUE LITERATURE & ART PUBLISHING HOUSE

图书在版编目（ＣＩＰ）数据

我们迅速老去 / 杨遥著. —太原：北岳文艺出版
社，2014.12

ISBN 978-7-5378-4312-6

Ⅰ.①我⋯ Ⅱ.①杨⋯ Ⅲ.①短篇小说—小说集—中
国—当代 Ⅳ.①I247.7

中国版本图书馆CIP数据核字（2014）第284809号

书　　名	我们迅速老去
著　　者	杨　遥
责任编辑	赵　勤
装帧设计	张永文

出版发行　　山西出版传媒集团·北岳文艺出版社
地　　址　　山西省太原市并州南路57号
邮　　编　　030012
电　　话　　0351-5628696（太原发行部）
　　　　　　010-57427288（北京发行部）
　　　　　　0351-5628688（总编办）
传　　真　　0351-5628680　010-57571328
网　　址　　http：//www.bywy.com
E - mail　　bywycbs@163.com
经 销 商　　新华书店
印刷装订　　山西人民印刷有限责任公司

开　　本　　890×1240　1/32
字　　数　　127千字
印　　张　　6.5
版　　次　　2014年12月第1版
印　　次　　2015年1月山西第1次印刷
书　　号　　ISBN 978-7-5378-4312-6
定　　价　　28.00元

目录 Contents

白袜子

夏天下班后,六点到天黑的这段时间,唐诺喜欢站在体育场一排柳树下胡思乱想。柳荫浓浓的,时间一久,他觉得自己也像一棵树。这时王玲常常引起他的注意,她大概刚吃完饭,从体育场入口沿着椭圆形的跑道往前走,穿着一件白底蓝色碎花的裙子,风把裙子贴在身上,臀部和大腿都凸了出来。她越走越远,走到最西端的时候向南转,再走几步,转回来,风把裙子吹向后边,胸脯挺了起来,大腿还是像刚才那样笔挺。

像唐诺这样年轻的人,不应该对王玲发生兴趣,虽然王玲没有中年女人的臃肿,岁月过滤也没有给她留下多少沉渣,但中年的样子还是一不小心露了出来。

但唐诺喜欢注意她。王玲脸上总是浮着笑意,这种笑是发自内心的自信和对生活满意的笑。唐诺觉得看着她心里舒服。王玲是社会上的名人,不认识唐诺,唐诺太普通了。王玲回去后,天就慢慢黑了。唐诺怅然若失地往回走,他觉得自己好像已经老了,他想自己一定丢了东西,但是想不起来丢了什么，这更加使唐诺肯定自己老了。

王玲去唐诺单位任领导，人们觉得有些意外，但现在的事情谁能说得准。而且男同志们心里还有些窃喜，毕竟她是个漂亮的女人。社会上关于她的传说很多，说她喜欢年轻英俊的男子。传说到底是传说，谁不希望自己的上司是一个漂亮的异性呢？

组织上把王玲送下来时，开了个短会。王玲穿着一套很合身的深蓝西服，里面套着一件白衬衫，领子雪白，精神而又清爽。组织上的人讲过话后，王玲做任职发言。唐诺坐在下面比较王玲穿着裙子的样子和现在这个样子，觉得哪种都好。他不知道王玲注意过他没有，他想以后不能像从前那样看她了。

王玲做完任职发言后，留组织上的人吃饭，但时间还早，组织上的人走了。王玲召集开会，刚散了的人们又嘻嘻哈哈集合起来。一般情况下，新领导第一天任职，都是到了中午聚餐，收拢人心，也相互认识一下。

王玲的会开得很简短，她说："刚才我已经介绍过自己了，下来希望我们在工作中相互了解。咱们今天的第一件事情就是把卫生搞好，办公室主任雇几个人把办公大楼外边清洗干净。"

会完之后，各个科室的人们开始打扫卫生。好多科室都是老同志，没有新人顶上来，自己多年不打扫卫生了，办公室又脏又乱，玻璃上除了尘土还粘满贴发各种通知后留下的碎纸片。他们扫完地，用布子胡乱朝玻璃上擦几下，就算完了。下班的时候,职工们都看到雇下的那些人还在清洗办公大楼,一个个干得很认真。

下午上班,人们都准时来了。那些清洗大楼的人们一个个脸上灰扑扑的,拿着饼子和方便面吃。

整个下午,王玲没有出现。人们等了半天,又恢复了往日机关的作风,聊天、上网、打扑克。下班的时候,王玲还没有来。

第二天上班的时候,人们被自己整洁干净的办公大楼震住了,在他们的印象中,这幢旧楼总是灰扑扑、肮脏的,甚至它本来的颜色人们也记不清了,它像一个年老色衰的妓女,早已被抛弃在人们的记忆之外。可是现在这幢楼干净、耀眼,雪白的瓷砖反射着朝阳的金光。人们怀着忐忑不安的心情进了办公室,感觉今天要有什么事情发生。那些昨天没有认真打扫办公室的人,现在沮丧得要命。

王玲准时来了。她通知各科室的人集合,一起检查卫生。那些沮丧的人现在又羞愧,又担心,站在人群中,不知道该怎么办好。

她首先打开自己的办公室让下属们看,她的办公室整洁、干净,地板上、桌子上纤尘不染,玻璃像没有一样透明。一盆栀子花和一盆君子兰正在盛开,散发着浓郁的香味。出了王玲的办公室,挨着看各个科室。王玲在整个过程中没有说一句话。检查结束后,一起开会。王玲让大家都发言,评选几个最干净办公室。大家都很认真,出于一种保护自己的想法,谁也没有徇私舞弊,都推荐那几个打扫最干净的办公室。整个单位的意见从来没有这样一致。最后,连王玲的办公室总共评出五个干净的办公室。没打扫干净的人心里坦然了些,毕竟大部分人都没有认真打扫。王玲说:"刚才没有打扫干净的同志继续打扫,评选出的科室负责人到我办公室。"王玲这样一说,好像打扫干净的成大多数了。那四个科室的负责人站起来,唐诺也是其中一个,跟着王玲进了她的办公室。他们一走,剩下的人炸锅了。

人们都回了各自的科室打扫卫生,可是心都悬着,不知道王玲把那四个科室负责人叫去谈什么,本来大家都准备好好表现,可是没想到王玲用这种事情考核大家,人们觉得有些冤枉和意外。有些人闹情绪,动起手来手脚就重些,声音很大。

王刚也没有认真打扫。他是资深副局长,这次调班子,他有想法,但努力半天没有弄成。他想凭着自己的威望和工作经验,换成谁当一把手也得用他。没想到王玲一来,弄了个打扫卫生。本来他的办公室每天有通讯员打扫,比较干净,可是昨天通讯员被王玲叫上收拾东西去了,但只要他自己动动手,就可以了,可是他没有弄。现在把他搁下了。他的脸有些搁不住,大声吼单位的通讯员。

通讯员过来,王刚看着他就生气,想怎么大王局长一来,就忽视他这个资深二王局长呢?他指使通讯员扫这儿扫那儿。通讯员撅起屁股很认真,可是王刚怎样也觉得通讯员有些不专心。现在他对已经很干净的办公室也不满意,不住地要求通讯员再把这儿弄弄,那儿弄弄,把那些缝隙死角里也好好打扫。通讯员一副诚惶诚恐的样子,仿佛今天二王局长的卫生让检查住就是因为他。但王刚从通讯员的动作中看到他已经不耐烦了。

唐诺也没有想到王玲来这一下，他平时爱干净，办公室本来就不脏。王玲吩咐打扫卫生，他喜欢听王玲的话，觉得她刚来单位，自己应该配合她的工作，就格外认真了些。现在进了王玲的办公室，感觉有些不自在，因为他平时很少到领导办公室。而且这种时候，王玲似乎更应该叫上王刚局长。

王玲亲切地招呼大家坐下。唐诺坐下还是不自在，他不知道自己以前注视王玲的时候，她注意过自己没有。

王玲说："我的工作作风大家大概也听说过，搞卫生是我到单位开展的第一项工作，卫生状况是单位的形象，一定要搞好。"王玲说这些的时候。唐诺走神了，他看到王玲的衬衫领子雪白雪白，想这个女人一定特别爱干净。他不知道她给不给自己的丈夫洗衣服。

唐诺莫名其妙地就成了王玲的人，王玲经常越过分管副局长，直接给唐诺安排一些重要的工作。但这并没有给唐诺带来多大乐趣。说到底，唐诺是个散淡的人，他喜欢像以前一样，远远地看着王玲。现在却不能了，他害怕碰上王玲，不再去体育场。

王玲工作干练、大胆、务实，来单位不久就开始解决拖了很多年的人事问题。她把不到岗的、不工作的人统统搁置起来，在各个科室和下属单位设置了很多职位，把整个系统的人都大抖了一遍，那些年龄大、工作主动性不强的人都被调到不太重要的岗位,重用了一批有学历、有能力、有活力的年轻人,单位一下有了生气。在整个动人的过程中,王玲顶住很多压力,不讲关系,不收一分钱、一份礼。一下子,工作局面打开了。

王刚局长在这次大动人过程中,几乎没有发挥什么作用,王玲根本不和他商量。紧接着王刚局长以前经常开的那辆单位上的车,王玲也收回来,让办公室管理,谁用车出派车单。王刚局长一下子不方便了,而且他觉得这是王玲在针对他,一气之下,自己买了辆车,司机也不用,自己开着玩。班也不来上了。

单位从卫生到精神,面貌都焕然一新,看起来生气勃勃,可是在这种生气勃勃面前,大家却感觉很压抑,大声说话的少了,迟到早退的少了,人们都正襟危坐在办公桌前或者急匆匆完成王玲交代的工作。有时坐一起开开玩笑,王玲会突然推开门进来,大家的笑声戛然而止,坐着的人们会站起来,大家缩着肩膀,等她走了之后,刚才的笑话也续不起来了,气氛也没有了。后来大家就很少审办公室,也很少开玩笑了。

在王玲的干练后面,唐诺感觉到她的寒气。他觉得王玲不仅仅是个女人,而且是领导。他不能像以前那样欣赏她了。他见了王玲低头走路,进了她的办公室默默地等她安排工作。他觉得自己那些丢失了的东西越来越远,永远也找不回来了。

唐诺盼望王玲调走或高升,单位回到原来的样子,他回到原来那种默默无闻,不被人注视的时候。

中秋节到了,单位发东西,今年比往年哪一年的都多,但人们在领东西的时候少了以前那种拥挤和热闹，一切都井然有序。司机和唐诺关系一直很好，帮唐诺往家里送东西的时候，一开始两人都不说话。快进小区的时候，司机说："你感觉现在闷不闷啊？"唐诺没有想到有人和他有一样的感觉，他说："闷。"他们接着开始回忆以前幸福自由的日子，听起来好像发生在别人身上。回的时候，司机突然说："咱们改天去省城蹦迪去吧，放松放松。"唐诺不会跳舞，蹦迪更不会，可是他喜欢迪厅里的氛围，喜欢看别人疯狂的样子。他说："好。"

过了几天，周五的一个晚上司机给他打电话，问有没有空，说今晚去省城。唐诺有些激动。等到晚上快九点的时候，他们确信王玲不用车了，直奔省城。一上高速，司机放开摇滚，在《梦回唐朝》的乐曲中，夜像长了翅膀朝身后退去，唐诺让声音再大点，黑豹乐队声嘶力竭的"梦回唐朝"像一枚枚惊雷在头顶炸裂，唐诺觉得从现实中被拉了出来，车开得飞快，快要飞了起来，他想尖叫，他想躲到唐朝，隐隐约约间，那件丢失了的东西好像要回来。

走了一百多公里，到了半路的时候，司机的电话响了。唐诺看到司机的神情紧张起来，他关了音箱，做了个"嘘"的动作，然后很小心地把车停路边，下车接电话。

一会儿，司机上来，"妈的，让回去帮她送点东西！"

唐诺几乎不相信司机说的话，但司机已经掉头，边掉头边嘴里骂骂咧咧的。唐诺沮丧到了极点。

回去的时候，唐诺和司机都不说话，司机把车开得比来的时候还快,音乐也调到最高处,在狭窄的车内,几乎听不到唱什么,只是轰隆轰隆地响,好像爆炸的声音。

回了城里的时候,司机对唐诺说:"我去找她,看有什么事?你等会儿。"唐诺说:"我要回家,没劲。"司机默默垂下头,把唐诺送回家,去找王玲。

唐诺回了家,衣服也没有脱,把自己扔床上。刚才的声音好像还在耳边嗡嗡地响。他觉得头特别大,好像要涨开。他想睡觉,可是一点睡意也没有。他想不是王玲把他们叫回来,现在已经去了省城的迪厅了,越想心里越不舒服。过了没多大一会儿,司机给他打电话,问去不去省城了。王玲交代的事情已经办完了,给她娘家送一桶豆腐。唐诺骂了一声"操",但是没有去的兴致了。

晚上,唐诺没睡好,隔一会儿就醒来。好不容易睡着一会儿,感觉还在车上飞一样往省城跑。第二天起来脑袋有些疼,但他顾不得了,他开始收拾东西,坐班车去省城。

到了省城,天还早,唐诺谁也不想去找,他在迪厅一条街上来来回回不停地走,直到天慢慢黑了,听到迪厅里面有音乐传出来,三三两两的人们开始进去。又等了一会儿,天已经黑透了,进去的人也越来越多。唐诺跟在一群人后面进去。来之前,唐诺已经听司机描述过这家迪厅,自己也从网上搜索过,但还是很吃惊。在领座的带领下,他坐到一个地方,然后上来些啤酒。整个厅里乱糟糟的,表演台上有几个年轻的女孩领舞,衣服都穿得很单薄,露出精致的肚脐。好多时尚的年轻男女一对一对凑在一起说话,或者一起疯狂地跳舞。唐诺觉得自己有些孤单,这些欢乐好像和他隔着一层玻璃,离他很远。夜越深,迪厅里越热闹,但唐诺觉得自己越孤单。他叫过服务生,问有没有陪酒的。过了不久,服务生领过一个漂亮的女孩。女孩在他身边坐下,唐诺问陪一陪多少钱,女孩说,三百。唐诺有些心疼钱,让女孩走了,但女孩一走,他又有些后悔。整个晚上,唐诺都是孤单的,夜场还没有散,他就出来了。在附近找了一个小旅馆住下。

第二天,唐诺觉得待在省城没有意思了。他早早坐上回去的大巴。半路上,上来一个全身穿黑衣服的人,坐在他旁边,一坐上,一股怪怪的味道就传了过来,唐诺看看这个家伙头发长长的,嘴扁扁的,他想这个人前生大概是一只乌鸦。这人上了车没多久,掏出手机来放音乐,唐诺怎么也没有想到,这个家伙放出来的居然是哀乐,而且一曲接一曲,他感觉很难受,烦躁极了,但是看旁边的人,好像没有多大反应。

回了单位,日子又开始循规蹈矩。唐诺觉得好像陷入了一个大旋涡。他开始经常回忆省城迪厅和回来时路上的那个奇怪的人,越想越觉得有意思。对比现在的日子,他觉得自己的生命已经提前被榨干,他像一张薄薄的纸片,被人捏着走,一口气就可以把他吹跑。

不久之后,发生了一件事情。王刚局长出车祸了。王玲和唐诺他们到了医院的时候,王刚局长已经被家属弄回家去了。他们去了王刚家,门口挂着白色悼头纸,围着一大堆人。那些人看见单位上的人来了，让开一条路。进了院子唐诺看到王刚的老婆眼睛红肿，头发散乱，一幅悲伤和心力交瘁的样子。她把他们让进去，倒水，大家都不喝。几个人正在给王刚穿衣服，他的表情和身体僵硬了，像一个放在那儿的标本。脸上没有多少伤，但是鼻子、耳朵那儿还有血往出渗。

他老婆说："他怎么非要弄那辆车呢？没有车哪能早早走了呢？"

唐诺心里一阵发寒，偷偷看了王玲一眼。王玲一幅悲痛的样子，说："你们有什么困难和单位上说，一定想尽办法解决。"她从口袋里掏出一沓钱，交给王刚的老婆，女人先是不接，推辞了几下就拿住了。她的儿子穿着孝衣给他爸爸穿衣服，脸色阴沉悲痛，偶尔直一下腰，大概有一米七高，已经长大了。

在王玲的努力下，王刚被追认为烈士，破格在烈士陵园召开了追悼会，王玲亲自致了悼词，声情并茂，悲痛欲绝，听的人们热泪盈眶，觉得王局长出了车祸不幸，但遇上这么个领导是大幸。

这件事对唐诺刺激很大，他想还得自己珍惜自己，对什么事都应该看开些。他活得更加无为了，但是他骨子里是敏感的、自尊的，他常常找不到自己，他觉得自己像一粒尘埃，浮在空空的地方。

唐诺开始找对象，谈了几个，都不大满意。这些年轻的女孩站在他面前，他总是想起王玲的样子。现在已过了穿夏裙的季节，但王玲凸凸凹凹的身子在唐诺脑海里印象很深。这些天王玲穿着薄薄的羊毛衫、外套、西裤,别有一番风韵。唐诺想她真是会穿衣服的,什么衣服穿在她身上都这么服帖,这么合身,这么养眼,不像有些女人衣服穿在身上好像偷来的一样,看着怎样也不舒服,而她们又处处小心对待衣服,好像是衣服穿她们。人和人怎么这么不一样呢,要是王玲再年轻十岁、二十岁,想到这里,唐诺清醒了,即使他早多少年碰上王玲,王玲也不可能嫁给他。但眼前这些年轻的女孩,唐诺总是觉得离王玲差了一大截。

唐诺虽然觉得不满意,但还是看了一个又一个,仿佛最好的一个就在下一个。终于那么一个女的出现了,她穿着一件过膝的棉长裙,裙子颜色是青灰色的,裙子下摆有花样很复杂的图案。女孩的五官精致,胸脯翘得高高的。第一印象,唐诺觉得一朵莲花飘过来,显然女孩的裙子更像莲花,莲花里面坐的应该是观音菩萨,女孩不是。唐诺还是被女孩吸引住了。

他们开始约会,日子进入冬季。

这个城市几乎没有什么公共场所,只有那个体育场。自从王玲当了唐诺的领导后,体育场唐诺一次也没有去过。唐诺牵着女孩的手,行走在这个灰扑扑的城市,女孩的手冰凉。唐诺觉得他们像两只麻雀,根本没有适合他们去的地方。下班后,他们通常从超市买些东西,然后在一家小饭店吃饭。小饭店顾客不多,菜的味道也一般,但是熟人也少。他们喜欢安静地坐着,默默地吃饭,不时抬起头来看对方一眼。吃完饭喝茶的时候,女孩的手暖了过来,唐诺拉着女孩的手,指尖一寸一寸抚摩女孩的手心手背。然后他们站起来，唐诺送女孩回家。他们实在是没有地方可去。唐诺一个人住单元楼，但是女孩不愿去。唐诺心里想，要是把这家饭店的菜都吃过之后，女孩还不去他家，他们就分手。冬天太冷了，太孤独了。

一次，他们去超市买东西的时候，在门口唐诺忽然看见王玲，他的手抖了一下，放开女孩的手。女孩察觉到了，她朝周围看，没有发现什么。她用疑问的眼光望着唐诺，唐诺说："我们领导。"王玲大概没有看见他们，但唐诺感觉很不舒服，他不想进超市了，拉着女孩又到经常去的那个饭店。看菜谱的时候，唐诺发现只有五道菜没有吃过了，他的心里有些慌乱，心跳得厉害。他把这五个菜一下都点上，女孩说："咱们吃不了呀？"服务员和他们熟了，也说："你们吃不了这么多，而且这里面还有两道鱼，红烧鲤鱼和清炖鲤鱼。"唐诺说："照我点的上，我想吃。"说完之后，他发觉自己的声音很大。服务员给他们上菜，那道红烧鲤鱼做起来很费时间，他们吃其他菜饱了还没有做好。女孩说："咱们别要红烧鲤鱼了，上来也吃不了。"唐诺说："上。"女孩的手伸过来，唐诺握住，热乎乎的。路灯着了，屋子里的水汽打在玻璃上，使灯看起来朦朦胧胧的。一个男孩骑着自行车驶过，后面一个女孩搂着他的腰，不知道女孩说了句什么，男孩打了声响亮的口哨。唐诺说："吃完饭去我家吧，给你家里打个电话。"女孩迟疑了一下，点点头。

红烧鲤鱼上来之后，他们让打了包。

路上唐诺总觉得有双眼睛盯着自己，回头看，什么也没有。进大门的时候,门房老头盯了他们一眼,女孩低下头,唐诺拉着她匆匆上了楼。

一进门,唐诺松了口气。他找出一双拖鞋让女孩换上。女孩问:"能洗澡吗?"唐诺去卫生间放水,把窗帘拉上。女孩一件一件脱衣服,唐诺感觉莲花好像在凋零。女孩脱到剩下内衣的时候,忽然不脱了,进了卫生间。然后响起哗啦哗啦水的声音。唐诺开了电视,什么也不看,把声音调得很小。女孩出来的时候,唐诺把女孩抱起,放床上,他去卫生间。

他们睡在一起的时候,唐诺有些激动,他紧紧抱着女孩,却不知道下一步该怎样。女孩拉着唐诺的手,轻轻朝自己下边滑去,唐诺摸到了女孩的内裤。他明白了。

他们融合在一起的时候,唐诺那种丢东西的感觉又涌现出来,他变得心不在焉。女孩推了他一把,唐诺好像从梦中醒过来。一切平息下来之后,女孩趴在唐诺耳边唠叨,希望唐诺怎样怎样。唐诺感觉特别厌倦,累得很。他忽然想王玲肯定不要求自己的男人怎样怎样,她想要的一切都可以自己奋斗来。唐诺觉得自己潜意识里对王玲不是表面上那么排斥。

有了这次之后,女孩晚上经常待在唐诺这边,双方的家人都觉得他们挺合适。朋友们也很羡慕他,觉得唐诺挺有福气,找了一个很漂亮的女朋友。但唐诺隐隐约约觉得这个女孩并不是自己理想中的那种女孩,可是那么多人觉得好,他觉得不理想也没有多少道理。女孩要求他上进,有啥不对呢?唐诺觉得这个女孩可能就是他未来的老婆了,不大的一个城市,一有点事情，谁都知道。但什么时候结婚，唐诺心里没底。他总觉得还要有事情发生，他想再等等，这样或许更踏实些。

这段时间，唐诺进了王玲的办公室，感觉有些不大自然。他感觉王玲好像知道他的事情。但王玲一次也没有问过，还像以前一样安排唐诺该干啥干啥。单位的人们都有些羡慕唐诺，甚至有人想王局长没了，副局长位置空下一个，很有可能提拔唐诺。唐诺对这些却无所谓，他只是觉得每天被王玲吆来喝去感觉有些不舒服。他一直适应不了机关这种生活，他反复琢磨过"同志"这个词，觉得同志的关系不应该是这么样，不是这种绝对服从，也不是领导唯一，可是现实就是这样，一点儿也看不出王玲对他的尊重。他想自己有了女朋友，一结婚就要有孩子，在孩子眼中自己一定是个很威严很了不起的人，可是现在每天跟在王玲后面，狗一样，他不想接受这样的现实。可他是想归想，也没办法。见了王玲，还是忍不住想多看看她，可是现在不能像以前那样一直盯着她看了。他只能飞快地瞄一眼，然后低下头。他想王玲穿着白色蓝碎花裙子，然后是蓝色西服白衬衫，接着是风衣，到现在又是蓝色西服白衬衫，穿什么都很有味道。过些天大概又要穿裙子了，但今年穿什么颜色的？唐诺觉得还是白色的时候多。可是他不能去体育场看她了。夏天，她上班时穿什么衣服呢？唐诺想半天，还是不能确定王玲是穿裙子还是衬衫。

这个问题唐诺还没有琢磨透的时候，夏天就来了。整个世界仿佛一下被剥得赤裸裸的扔入无边的焦热中。一天，女孩告诉唐诺她怀孕了,这让唐诺在炎热的天气里又增加了些焦虑。女孩希望他们马上结婚,把孩子生下来。

她说:"咱们都拖了这么长时间了,互相足够了解,人们也都以为咱们早结婚了,只差办事。为什么你要一直拖呢?"唐诺没有更好的理由,他想了想说:"秋天吧?夏天太热了。""那孩子呢?""先处理掉吧。"说这话的时候,唐诺低着头,他不敢看女孩。他一点也没有当父亲的准备,他不想没有尊严的时候去做父亲。"那你得和我去!""去哪儿?"女孩生气了,捶了他一拳。唐诺点了点头,觉得陪着女孩去医院把自己的孩子做掉,有些不可思议,但又不知道该怎么办?"要不等等吧?""你还等什么?等我肚子大了想弄也弄不了。"唐诺茫然地点了点头,说:"明天吧。"

晚上,办公室通知唐诺明天跟上王玲去下乡。唐诺想告诉对方自己明天有事,但不知道因为什么没有说,挂了电话之后,他觉得大概是自己不想陪女孩去医院。

他打电话把下乡的事情告诉女孩,女孩一听就火了,"你们单位那么多人,为什么非要你去下,你告诉人家明天有事。"

唐诺说:"我已经答应了。"

"咱们分手吧。"

女孩啪一下把电话挂了。

第二天,唐诺下乡的时候有些情绪,但和以前一样,藏在心里。下乡的共有三人,王玲、唐诺、司机。唐诺坐在副司机座位上,王玲一人坐在后排。唐诺给王玲开车门、关车门,拿包、水杯。这些事情唐诺是反感透顶的,但这次都归他做了。王玲今天穿着一件白色半袖衬衫,灰色西裤,黑色薄羊皮凉鞋,唐诺觉得既庄重,又有女人味。唐诺想,王玲单纯作为一个女人,他肯定愿意为她做一切事情,可她是领导,他们之间有深深的距离。坐在车上,唐诺不敢返头看王玲,只是通过倒车镜仔细看她。随着车行,镜子一晃一晃的看不清楚。王玲身上一股淡淡的香味传了过来,很让人陶醉,唐诺不知道这是什么牌子的香水,他的女朋友从来不用香水,但身上也有一种香味,是青春的味道。路上唐诺一直不主动说话,王玲问他的时候,才说上几句。

到了地方,先是看点,都是对方准备好的,一大群人闹哄哄的,转来转去。中午吃饭。下午继续看。晚上聚餐的时候,没事了,人们都喝了些酒。王玲的酒量很大,唐诺估计能把自己喝倒。吃完饭,天还很亮,没有安排其他活动,王玲让唐诺陪着自己去外面转转。唐诺心里有些兴奋,但还是很拘谨。走路的时候,他和王玲保持着较远的距离,但把自己的活动范围控制在能闻到王玲身上那股淡淡的香味。走着走着王玲突然停下来,唐诺差点撞在她身上。只见她翘起一只脚,脱下鞋,举起来抖了抖,掉出一粒小石子,然后她穿上鞋,接着走。唐诺一下脸红了。他看见王玲的袜子很白,白得好像没有穿过。唐诺鼻子有些发酸。王玲是这么爱干净的一个人。

晚上回去后,唐诺洗了澡,看半天电视,睡不着。王玲的房间紧挨着他的,他侧耳听,好像有电视的声音,但又好像什么也没有。白天王玲脱了鞋那双雪白的袜子一直在唐诺眼前晃，他觉得非常燥热。唐诺给女朋友打电话，不知道今天她怎样了？去医院没有？但铃声响，没人接。唐诺又重拨，响了几下，对方按断了。唐诺有些沮丧，他发了个短信，但是等了好长时间，对方没有回。唐诺又打电话，已经关机了。唐诺很担心女朋友。这时，隔壁忽然传来杯子掉地上的声音，唐诺一下特别冲动，他跑到王玲房间门口咚咚敲门。

"谁呀？"

"我。"

里面传来窸窸窣窣的声音，然后门开了。唐诺看见王玲穿着一件粉色的睡衣，头发湿漉漉的，赤脚穿着宾馆的一次性纸拖鞋，她那双雪白的袜子不见了，唐诺想它一定在卫生间。唐诺有一种强烈的欲望，想看看卫生间的那双袜子。他不知道该怎样表达，慌乱中把房间门磕上了。王玲的脸上有些异样的表情。

"有事吗？"

唐诺慌乱地点了点头，但不吭声。

王玲盯着他看了几眼，脸上出现狐疑的表情。她说："有什么事你说吧。"

但唐诺不动，他想怎样去卫生间看一下。

王玲又说："有事说呀！"

唐诺没有想好怎样说，还是不动。

王玲说："没事你回吧。"

　　唐诺还是不动。

　　王玲过来开门。白天那股香味一下浓郁了,在她开门的一刹那,唐诺头脑一片空白,他不相信眼前的事实——王玲给他开门。他一把抱住王玲。王玲说:"你干啥?"唐诺也不知道自己干了啥? 他把对工作和王玲的所有压抑都发泄了出来,他紧紧抱着王玲,王玲身上香水和沐浴后的味道一个劲往他脑子里冲。王玲越挣扎,他抱得越紧。这时门外忽然响起了敲门声。唐诺放开王玲,要去开门。王玲却摇了摇头。唐诺目光有些疑惑。敲门声响了一会儿,有脚步声离开了。唐诺这时感觉害怕,他怎么敢对王玲这样呢? 唐诺后悔得要死。他胆怯地看王玲,不知道她会把自己怎样? 希望她能原谅自己。 王玲脸上一幅冰冷的表情,眼神像刀子一样。唐诺的心一下凉了,他明白自己完蛋了。他想起昨天女朋友要求他结婚的事,现在什么也没有了,马上全城人们都知道他的事,他走到哪里都会有人指指点点。

　　唐诺忽然又疯狂地抱住王玲,往床边拖,王玲挣扎。唐诺喊:"你叫呀,叫人来救你呀!"王玲不说话,只是挣扎,唐诺抱起王玲来,不顾她的挣扎,狠狠把她扔在床上,然后紧紧抱住,把嘴凑上去。王玲把头扭来扭去,不让他吻,唐诺不知道哪儿来的邪劲,一用劲,把王玲的睡衣撕烂了。这轻微的声音那么刺耳,挣扎的王玲不动了,她裸露的身子暴露了她是个中年女人。唐诺不顾一切地冲了上去,关于王玲生活中的传闻一下涌进了他的脑子,他想自己做完这件事情可以去死。王玲开始挣扎，越挣扎唐诺越来劲，后来王玲就一动不动，由他折腾，又慢慢地开始呻吟，配合他的动作。唐诺觉得自己丢失了的东西回来了，具体是什么，他说不上来，但肯定是回来了。等他完了的时候，王玲毫无表情地问："完了？"然后下床去卫生间清洗。唐诺觉得什么都无所谓了，他像一个流氓一样跟着王玲去了卫生间。他一下看见白天王玲穿的那双雪白的袜子扔在垃圾桶里，袜底有些淡淡的污迹。唐诺失望极了，他觉得回来的东西又丢失了，他出声地哭了起来。王玲放水冲自己的身子，对唐诺说："你走吧。"唐诺像一具僵尸转过身子，机械地开门，然后说："我犯罪了，明天去公安局。"王玲说："你疯了。把门关好，记得明天早点叫我。"

唐诺回到自己的房间，躺在床上想，要是明天没事，回去以后马上和女朋友结婚。不知道他们的孩子今天做了没有？他拨号，对方的手机还是关着。

雁门关

工作之后，去雁门关的次数多了起来，尤其是节假日，有时陪客人一个长假上去几次，雁门关在我眼里再也没有了神秘。而且说实话，雁门关上也没有什么，长城早已不见踪影，一个20世纪80年代末修的城楼残破不堪，只有城门洞里青石板上深深的车辙印和李牧祠前的两根石旗杆让人感觉到历史的沧桑。

随着旅游路、高速路的开通，雁门关也一下近了。乘车不到一小时上去，半小时看完，再用不了一小时返回来，每次去雁门关都觉得划不来，路上走的时间比看的时间多得多，但雁门关的名气确实是大，每年好多好多的客人来看雁门关。

我和妻子结婚前，去河北找她，她家里人问起这边情况，我不假思索就说起雁门关。那一刻，雁门关在我眼中又高大了起来，而且不知道除了雁门关还能说出什么在外边更有影响的地方。尤其是和她单独走在一望无际的冀中平原上，更加感到雁门关高大险峻。

结婚后，由于基础差没有积蓄，微薄的一点工资只够维持生活和支撑日常应酬,日子变得小心翼翼起来。家里连台电视机也没有,租住在两间终年不见阳光的小屋子里。有了小孩后,开销更大了。妻子总是盼望有间自己的房子。一天正在上班,妻子带着哭腔打电话,让我回去。一进院子,就听见女儿哭,女房东哇啦哇啦大声嚷着什么。这是一个唱戏的女人,以前在剧团,剧团倒闭后,跟了鼓班子,哪里有丧事,就去哪里唱。身上总有一股阴气。进了家,女房东还在大声嚷着,女儿躲在妻子怀里哇哇大哭。妻子眼里都是泪,呜咽着说,你和她说。

我满脸惊异地望着她们。来了这里,我们两家处得还算好,我和妻子都不大爱说话,也从来不到他们大房子那边去。房租都是提前半年交了,逢时过节还礼节性送点东西。他们家冬天搬到另一处楼上住的时候,我们还给他们喂狗,打扫院子,看门。

女房东看见我回来,第一句话就直戳戳地说,你们该交房租了。

我说,三个多月前已经交了,给的你丈夫。那时,他在苹果树下锄草。

女房东说,给了他我怎么不知道? 我觉得你们老实,说好上打房钱,时间到了也没有催你们,现在要,你们居然不认账了。

我生气了,说,房租我肯定是给了,给的你丈夫。说好上打房租我就上打房租,半年的房租对我们家也是一笔大开支,我怎么能记不清。接着,我把住到他们家两年多来每一次交房租是什么时候什么地方都一一说出来。

以为这下女房东应该没啥说的了。

可她拍了一下桌子,大声说,就没有给。

女儿见我进来不哭了,被她这样一拍又大声哇哇哭起来。

我气糊涂了,后悔当时给了没有要个收据,现在有口也说不清。马上说,把你丈夫叫回来,他要是说没有给,我再给一次,反正不知道是谁昧了良心了。

说完,我就给她丈夫打电话,让他马上回来。这个男人听我说得着急,问发生什么事了。

我说,你马上回来!

男人一进屋子,我就问,我这半年的房租给了你吧?三个多月前在苹果树下。

男人说,给了。

女人马上破口大骂男人,给了你你为什么不和我说?

这件事情以后,妻子说什么也要自己买套房子。我说没有钱。妻子说没有钱可以借,我找我妈我姐借。后来我们在很短时间内买了一套房子,钱都是借的。

买下房子后,欠下一大笔钱,日子更拮据了。我们都想早日还完钱,但工资只有那么点,只能拼命节省。那时候,我条件好些的同学开始纷纷买车,买下车后喜欢驾车出去游玩。没有车的也选择五一或国庆长假出门旅游,近处去北京、太原,远处去海南、云南、二连浩特。我们哪里也不去,七天时间都待在小城里,天气好的时候,骑自行车去滹沱河边看看昏黄的水流,或去西门的古城上望望周围的风景。我的女儿第一次看见滹沱河欣喜地喊,海真大啊!

一天,妻子叹了口气说,待在这儿真闷啊,咱们去雁门关玩玩吧。

我说,雁门关什么时候都可以去,等个顺车,拉你们一起去。

妻子没有再说什么。

我知道妻子心里不满意,结婚前常常和她说雁门关,结了婚我常常去雁门关,可她几年了一次也没有去过。但我心里琢磨,去雁门关门票可以让单位开个介绍信免去,可没有直接去那儿的旅游线路车,坐上去朔州或大同的车在路口下了再往上爬,太麻烦。骑自行车吧,现在的体力根本不可能。要是租个车,来回至少也得一百元。我想,肯定能等到顺车。

但是,后来几次陪客人上去,人少的时候有领导,不方便叫她。没有领导的时候,车上往往又坐得人多,拉不下她。我就一直在等机会。

因为日子的艰难,有时两人拌几句嘴。妻子说,别人去这儿去那儿,我来了你们这儿几年了,连个雁门关也没有去过。我知道对不起妻子,便对她说,雁门关就在咱们这儿,什么时候想去都可以去,着什么急?接下来便对她讲自己以前怎样想去雁门关,一次也没有去成,现在去得都腻了,可是还得不停地去。

日子在不咸不淡中过去,渴望生活中出现奇迹,可是生活总是苍白如水。陪客人的时候,我经常喝醉酒,有时实在顶不下去,悄悄把上百元甚至几百元一瓶的酒偷偷往地下倒,可是每次回村里看望父亲,二三十元的酒还舍不得多买几瓶。便想起雁门关,自己去的都不想去了,妻子想去却一次也去不了。

一年国庆前夕,忽然有北京的几个朋友打电话,要来找我玩。这对苍白的生活绝对是个漂亮的点缀,我太渴望了解外边的世界了。我为他们的到来早早做准备。把房子认认真真打扫一遍,玻璃擦得明晃晃的,还特地去商店里买了茶具、酒杯和一本菜谱。在单位,和每一个要好的同事们说,要有北京的朋友找我来了。回了家,和妻子商量朋友们来了吃什么。

国庆那天,七点多朋友们打来电话说他们坐上火车了。一吃完早饭我就把菜和肉买回来,洗好菜、切好肉,一会儿看一次表。妻子说,你娶我的时候有这样激动吗? 我说,那是两回事。

离列车进站还有一个小时的时候,我出发去接他们。到了车站,外面横七竖八停着些红色、蓝色的出租车,还有黑色、白色的私家车或单位的公车。我想自己要是有辆车就好了。

候车厅里挤满人,座位上放着各种各样的大包小包,地上还有一些尼龙编织袋子装的行李,一长溜人在排队买票。我挤在人群中间,看看表,还有四十分钟,便看那些列车时刻表和地图。地图上每一个熟悉或陌生的城市对我来说其实都充满诱惑,因为我几乎哪儿都没有去过。我仔细对着列车时刻表看这些城市,盘算自己一个月的工资可以去哪些地方。我忽然非常羡慕那些排在长长队伍中的出门人,甚至堆在他们脚边的编织袋也觉得非常洋气。这时,站台上响起一阵鸣笛声,以为火车来了,却是一辆煤车哼哧哼哧进站了。一个女孩走到我的身边也抬头看列车时刻表,她的头发卷卷的,皮肤特别白,穿着一条发白的牛仔裤,脚上是一双棕色的牛皮靴子。我猜想她这双靴子一定走过很多地方,莫名地喜欢上她。顺着她的目光看她看的那些地方,她却走开了。盯着她的背影看见她走到一个男孩身边,男孩戴着一顶棒球帽,背着一个登山包,脚上也是厚厚的牛皮靴子。我羡慕起这两个人来,觉得他们一定不是本地人,不知道他们下一个目的地是哪里。开始检票了,两个人跟在人群后面边说边笑朝站台走去,他们的从容淡定像秋后温暖的阳光,照亮了这个破旧狭小的车站。

列车终于进站,我站在出站口等我的朋友。出站的人几乎和进站的人一样多,我挤在一堆人中间,猜测他们变成什么样子,是不是也像那些出行的人一样带着大包小包。让我惊奇的是我先看到的不是我的朋友,而是刚才看到的那一对年轻人,他们拥簇着一个满头银发,穿着灰色风衣的老人走出来,老人也是穿着一双牛皮靴子,三人打了一辆出租车眨眼间不见了,我忽然觉得他们来到这个封闭的县城,一定是冲着雁门关来的。

出站口几乎没有人了,我的几个朋友还没有出来。我凑到铁栅栏口上朝里望,看到两个人一晃一晃走过来,他们没有带行李,几年没见,老程头发白了许多,酒糟鼻子更红了,反穿着一件T恤,像个装卸工人。阿金还是野战兵打扮,扎着一块阿拉伯头巾,但身体像一块发酵了的面团。他们显然在车上喝了酒,咬着舌头说话,影子乱舞。看见他们,以往的一些难忘日子浮现出来。我用力挥手,眼睛有些潮湿。阿金加快脚步,吹了声口哨。老程还是一步三晃,我从来没有见过他着急的样子。

我们在一起抱了抱,互相拍了拍肩膀,感觉似乎都有些老了。

走,回家去。

车站里面只停着最后一辆出租车了,司机看见我们,把车开过来。

正要上车的时候,阿金把住车门,问,多少钱?

一人五元。

我们这是打出租啊,有表吗?

司机说,不打表,一人五元。

阿金说,你这不是出租车吗?

我说,这儿都是这样。

老程说,操,这么贵,比从北京到这儿都贵。绿皮火车从北京到这这儿才一人二十四元。

司机脸上露出不耐烦的神色,你们到底坐不坐?

坐。

我招呼大家上车。

我偏不坐,他这不是明摆着坑人吗?我们还是第一次来这儿,溜达着回去看看风景民俗也不错。你们说呢?阿金看老程和我。

老程点头。

我忙说，咱们先坐上回家吧。吃了饭再出来看。

但他们两个人说什么也不坐。

司机沉着脸，把车发动着，低声说了句，装逼！

我有些脸红。阿金说，你说什么，丫再说一句，老子抽你。

司机不再吭声，一踩油门跑了。

我有些尴尬，说，这儿的出租车司机都是这样，想在车站上拉客得早早过来排队，有的提前一小时就来了，从来不打表。

老程说，他们是他们的规矩，咱们是咱们的原则，咱们不是想改变世界吗？

我想起几年前，我们一大帮人从全国各地赶到河北丰宁满族自治县，参加中国青年志愿者活动，义务植树，保护母亲河、保护生态环境，大家都充满理想，想保护生态，改变世界。几年时间，不知道是我变了，还是这么点小事情本来就不值得较劲。

沿着车站那条路两边的房子颓废不堪，有的已经屋基歪斜，房梁倾塌，稍微周正一些的还能看到橱窗玻璃上画着大盘的鱼，上面写着鸡、鸭、鱼、肉，还有一间门楣上写着"为人民服务"，画着红色的五角星。可以看见当年的红火。现在蒿草围住了它们，每一个都黑乎乎的，布满蛛网。

这儿应该是繁华地带，怎么这么萧条啊？阿金问。

我说不上原因，只是觉得这个车站离县城远，没有人专门来这儿，每天就那么三四趟火车，旅客下了车就都走了，也不消费。

老程盯着橱窗玻璃上的字说,他们没有摸透市场,现在是鸡鸭鱼肉赶下桌,乌龟王八端上来,而且这儿肯定没有小姐。说完他就问我,杨,这儿有小姐吗?

我正在琢磨他那两句话,想今天的饭菜是不是准备的有些简单了?没想到他猛然问我。于是反问,哪儿?马上反应过来他指的就是车站,说,没有吧,这么黑乎乎的地方,狐狸精也不住。

我问老程,你怎么反穿衣服?

老程说,这是一家书画工作室发的宣传T恤,不穿白不穿,可是我又不想替他们做广告。

从车站走出来,到了108国道,阿金说,咱们在这儿打车,我不信这儿打不到车。

话刚说完,一辆出租车过来。阿金招手。车停下。打表。去……阿金扭头看我。

西大街城墙那儿。

上了车,我给他们介绍县城的历史,还没有说完,车已经到西大街城墙了。表上的计价是七元。我忙掏钱。阿金拿出十元钱给了司机,说,师傅不用找零了。司机连声说谢谢。

下了车,他们看见巍峨的城墙和泛白的城砖,高兴地欢呼起来。

两人跑到城门洞下,抚摸着阴凉的城砖,问,你家就住在这儿。

我点了点头。

真好啊!

咱们吃饭就到这上面来。

好!电视剧《杨家将》就来这儿拍过外景。我补充了一句。

阿金问,哪儿有宾馆?我们先登记一下。

我说,不用了,就住我家吧,大家几年没见,好好聊聊。

方便吗?

给你家添麻烦了。

方便方便,不添什么麻烦。

进了家,妻子正在逗女儿玩。看见客人进来,赶忙站起来,脸上堆出敦厚的笑容。妻子就是这样的人,见了谁都不爱说话。

接下来,妻子和我开始做饭,他们待在客厅里边逗女儿,边看电视。

中午我们喝的是本地酒"三关宴",这种纯粮酿造的酒因为酒厂经营不善,多年前就不生产了。我平时不喝酒,家里存下的两瓶一直放到现在,简直成陈酿了。

一喝开酒大家就回忆起多年前的那次活动来,大家都非常自豪,全国来了十九个省的人,总共才三十九个,那么多媒体来采访,记者比志愿者人数都多。

我们数着哪些媒体采访过自己,酒下得很快。

老程说,当年负责这个活动的人现在已经在一个很重要的位置了,经常在电视上看到他。

　　说起那个领导，我印象非常深刻。他当年激昂慷慨，意气风发，在我笔记本上签过名并且留下联系方式，告诉我什么时候都可以去找他。我让他俩先喝，找那个笔记本让他们看。可是找了半天，也没有找到。让妻子帮着找，妻子正忙着炒菜，说她也不知道本子放在哪里。

　　阿金说，我还又去过丰宁，咱们当年在河滩植下的那些树都在一场大洪水中被冲没了。

　　我们觉得不可能，又觉得没有什么不可能。想起那年那个灼热的夏天，大家在丰宁高原上植树，每个人都晒得像非洲人，皮脱了一层又一层。我们细数当年参加活动的那三十九个人，可是除了自己帐篷的几个，那位国家体委退休的女伞兵，号称三十一岁的大姐，植树时鞋破了一只还赤脚继续干活；还有辽宁丹东侨务办的于丽娜，自己参加完第一期活动，又把自己的儿子叫来参加第二期外，竟再想不起几个人。还有郑洁！阿金说。我拿出装在相框里的相片，我们一个一个辨认当年的队友，可是有好多都叫不来名字了，我们不相信自己的记忆力这么差，但是记忆就是这么残酷。

　　两瓶酒喝完的时候，没有尽兴。老程和阿金嚷着还要喝，我让妻子出去买一箱啤酒。

　　那天，我们想来想去，就是想不全三十九个人的名字。最后大家都喝多了，醒来的时候天已经黑透了。

　　妻子熬好稀饭，煮了点面条，大家都没有多少食欲，吃了些便要睡觉。妻子拿出我们结婚时备下的一次也没有用过的崭新被褥。我带些抱歉地对他们说，你们只能睡一张床了。阿金和老程都说没有关系。阿金说，我们单位出去旅游经常一个屋子里住好多人。我又想起那次活动结束时，我们去坝上草原，晚上举行完篝火晚会后，大家住在农家旅店，一条大炕上男男女女睡了好多人，我都记不起两边挨着谁睡了，那天也喝多了。

进了我们那间屋子，我的头有些痛，胃里也难受。妻子给我倒了一大杯浓糖水，问我为什么不少喝点。女儿很快睡着了。隔壁两人打起了鼾声。我说，咱们也睡吧。妻子也许累了，很快打起呼噜。我轻轻推她一把，她翻个身。望着她呼吸时微微张开的嘴，我想她嫁给我好几年了，没少吃苦，可是真的哪儿都没有去过，这次一定带她上一次雁门关。我盘算着他们走的前一天，租一辆车一起上次雁门关，他们两个连上我和妻子正好能坐下。想好这些以后，我却怎样也睡不着，我认真想和我们一起参加活动的那些人，可是好多好多确实怎样也想不起来。但是那次活动的许多场景却像电影一样——清晰浮现出来。我们举着中国青年志愿者绿色行动营的旗帜来到河滩，河滩远处一座金碧辉煌的喇嘛庙像上帝的眸子一样凝视着我们。我们在布满沙砾的河滩拼命挖坑，高原的阳光刺刀一样穿透衣衫，汗如雨下，三五天功夫，大家的脸像年代久远的壁画，斑斑驳驳地起皮。离植树地方不远处有一条清亮的河，休息时候去小河边洗脸喝水，或卷起裤腿下到河里戏耍。小河下游有一条晃晃悠悠的木板悬桥，我们在上面晃啊晃啊。可是就是这条温柔的小河，发大水冲了我们半个月植的树，不知道那座喇嘛庙冲了没有？我忽然有种冲动，想去丰宁再看看，看看我们当年植树的那个河滩，记得那时还立了一个碑。树冲没了，那个石碑孤零零在河滩吗？

下雨了，帐篷漏水，一个人喊起来，大家都喊起来。高原的天气变化真大，白天还晴空万里，晚上就下起雨来。我们赶紧重支帐篷，用盆子接水。这儿的面不知道是不发酵，还是发酵不了。炊事班做的馒头一个个又小又酸，硬得像铁蛋，我一口气能吃六七个。忽然身子湿了，以为又下雨，摸摸，是女儿尿床了。马上回到现实中，想一定要带妻子上雁门关一趟。

我们县1994年就成功审批为全国历史文化名城，县城里有华北最大的文庙、长城第一楼边靖楼、埋有隋朝高僧舍利子的阿育王塔，都是国家级文物保护单位，还有独具特色的代州民居。每天早上，我们登上附近的西城墙，看着一座城市从睡梦中醒来，然后披着晨曦回去吃了早饭，在县城里玩。

拜文庙、登边靖楼、瞻仰阿育王塔，我把这些来过无数次的地方一一介绍给朋友们。我们拍文庙漆皮剥落的朱红色大门，研究边靖楼前成群结队的胡燕，谈论阿育王塔下面到底有没有地宫。然后我们在这些古老的建筑里面捡烟头和塑料瓶，捡出来后，我们带着这些东西走遍县城，竟看不到一个垃圾桶。黄昏时候，夕阳使整个县城金灿灿的，恍惚迷离，当最后把手里的东西扔在菜市场前面的一堆垃圾上面时，我充满惭愧，感觉这个县城是如此陌生和落后。

一个同学知道我家来了两个外地客人，进了家里神秘地把我叫到一边。他说,我手头有青铜剑和带钩、鎏金银簪,你问问你朋友要不要。我有些脸红,同学胆子贼大,从事盗墓这种职业。但我还是过去和朋友说了,朋友不要他的古董,却邀请他一起喝酒。同学不喝酒,走了。

妻子总是在我们每天回去之前备好菜,我们两人照着菜谱一道一道做晋北的特色菜。老程和阿金带些零食回来,女儿和他们已经很熟了。家里的酒瓶一层层堆起来。

10月6日一早,我陪老程和阿金去车站买好第二天晚上回北京的车票。我说咱们明天去雁门关吧。一起去,我对妻子说。妻子抿着嘴笑了笑,她笑得非常灿烂。

一上午,我领着老程和阿金在街上边转边买土特产。老程和阿金都说,来这儿住几天太便宜了,比待在北京都省钱,车票也相当于在北京打辆车。

阿金突然说,我让郑洁今天也赶过来,明天一起去雁门关,可以吗?

我愣了一下,说,可以。心里却盘算车能不能坐下五个人,盼望郑洁不来,或者有事来不了。

但郑洁一会儿打电话过来,说她已经坐上到太原的车了。

天黑之后,郑洁又打电话来,说她坐了到大同的车,在原平下车后,没有到这边的车了,打算打个车过来。她打上车之后,又打电话来。

我们做好饭等她。我心里忐忑不安,想出租车挤一挤也可以坐五个人。

郑洁来了已经晚上九点多了，还抱着一大箱子梨枣，说是她自己的农业生态园产的。这个山西老乡和我一起参加志愿者活动，但自从从北京回来再没有见过面，当初她说自己搞生态农业，几年不见，枣已经长这么大了。

吃了饭之后，我打算让郑洁和妻子女儿住一间屋子，我们三个男的住一间屋子。但女儿不同意，说什么也要我和她们住一起。

郑洁说，我和他们两个住一起吧，几年没见，痛快聊聊。

妻子又抱来一床雪白的被子，望着这床新被子，我觉得有些对不起妻子。

隔壁三人聊得很热闹。女儿睡着之后，妻子说，那明天把女儿送邻居家让帮忙照看？

我含糊着答应一声。

妻子睡着之后，隔壁聊天的声音更高了。我想平时坐车有时也挤五个，明天就再挤挤吧，不行多给司机几个钱。女儿踢开被子把一只腿搁我身上，我把她的腿放下来塞被子里去。妻子头冲着我睡得很熟，仿佛在笑。后来听不见老程的声音了，再后来阿金和郑洁的声音也听不见了，但是隔壁传来窸窸窣窣的声音。我心里有些烦躁，重重叹了一口气，声音没有了。不知什么时候睡着的，总是听见隔壁窸窸窣窣。

第二天早上吃了饭，妻子换上平时很少穿的运动鞋，把女儿送到隔壁邻居家。我们带着昨天买好的矿泉水和一些零食，去打车。

第一辆车过来。我说，去雁门关。

司机瞧了瞧我们，问，几个人？

五个。

拉不上，司机一踩油门走了。

又等了半天，来了第二辆车。我先问，我们几个去雁门关，能拉上吗？

拉不上。

我说，再等等，平时我们经常挤五个人的。

又过来一辆车的时候，我说，我们五个人上雁门关，多少钱？

司机说，多少钱也拉不上。

我说，我们平时经常坐五个人的，给你加点钱。

平时你们去哪里啊？这是上雁门关，一路上都是爬坡，坐这么多人上也上不去。

我不相信就没有一个司机愿意挣这笔钱。

……

又一辆车走了之后，我嘴里异常干渴，忍不住说了一句，丫的，明明能拉五个人，咱们打两辆车上去吧。

妻子说，我不去了，你们去吧，女儿待别人家里一定不习惯，我把她接回来。说完，妻子转身就走。我看见她肩膀一耸一耸的，猜想她一定哭了。她的运动鞋在阳光下闪着耀眼的光，像滚动着的两枚崭新镍币。

上了雁门关，心情特别烦躁，耳边不住地响起妻子哭泣的声音，想她把那双运动鞋又仔细刷好放鞋柜里，忽然也有种想哭的感觉。

朋友们登上雁门关很激动，这儿和他们去过的修葺一新游人如织的八达岭、居庸关长城一点也不一样，雁门关荒凉、残破、颓废，这个一千多年发生过大小三千多场战事的九塞之首，现在冷冷清清，即使在国庆黄金周，也只是偶尔有几个游客匆匆上来转一下，它像一位铅华洗净而又年岁已高的绝代佳人，时间耗去了它的一切，站在它的上面，感受到历史的沧桑巨变，就连它的风也是硬的，让人觉得它骨子里的那种硬度。

我耐着性子和他们一起辨认城门楼上的"天险"和"地利"几个字，帮他们一一在李牧祠前的石旗杆前照相……老程的T恤穿了几天，变得灰溜溜的，镜头中的他和历史一样模糊不清。一身野战服的阿金像美国来的侵略兵。只有郑洁为这次来刻意打扮了一下，但和坚硬冷峻的灰色石旗杆一点儿也不协调，她的嘴唇红得有些妖冶。

时光一下在我眼前扭曲起来，秋天，万物萧条，可是皇宫里百花争艳，一个个歌女明眸皓齿，扭着柔曼的腰肢，唱那种柔媚之音，皇帝手中的金樽流淌着美酒。此时，民间已是春天，春天应该是山花灿烂，可是寒冷的雁门关冰封一片，戍边的士兵穿着厚厚的棉衣，外面是铁做的铠甲，大雪重重落下，落到铠甲上面，没有马上消融，而是结成厚厚的冰。山下正有外族来犯，趁着风雪在慢慢地挺进。国家的疆土在宫廷的美宴中一点点消失，士兵和皇帝永远过的是两种生活，生活在两个时间。尤其是到了宋朝,宫廷的美酒更加醇酽,外边的战事更加惨烈。杨家将金沙滩沉舟折戟,岳飞风波亭惨死,徽钦二帝被押往金国。眼前的这两个石旗杆,在宋朝最后一次升旗,然后沉默了几百年。

我觉得非常非常疲惫,想早早结束这一切。

于是向他们问道,你们知道"坐井观天"发生在哪里?宋朝战败,徽钦二帝被掳往金国,路过代州天宁寺,被金兵放在一座枯井里,于是有了"坐井观天"。

啊!发生在你们这儿?为什么前几天咱们不去呢?

回去就去。

下山的时候,朋友们依然兴致很高,返到关下的山寨里还流连忘返,尽管这里也非常冷清。前几年因为要开发旅游,这个本来不大的村子,大多数村民已经移民搬迁,他们石头砌的房子还在,有些保存还很完整。房子没有人住,玻璃已经没了,人们用树枝插在窗户上。还有些毁坏了,只剩下一堵墙或半间房,一样让人感到沧桑。村子里树不少,都是粗大的柳树,长得很张扬,没有山下那种妩媚的样子。有一处房子屋顶上有一个锅,是收看卫星电视的。我告诉朋友们这个村子里都是戍边军士的后人。遇到一个老人,进她院子里拍了几张照,他们三个又和老人一起合影,然后买下老人院子里晒的一堆蘑菇和一只欢快的土鸡。说回去要吃小鸡炖蘑菇。

路上老程和阿金都感叹不虚此行,阿金说以后还要叫上单位上的人来这里玩。郑洁说,你来的时候记得再把我叫上啊。

进了县城，我让出租车司机把车往北开，在医院门口停下，说，天宁寺到了。老程、阿金们疑惑着下了车，望着代县人民医院的牌子发呆。我说，天宁寺就在里面。一大群人从我们身边赶过，抬着几个满身是血的人，后面还有一群拿着棍棒追赶的人。

和尚和医生一起办公？阿金问。

我不置可否地笑了笑。指着那些血淋淋的人说，这些人们可能都是士兵的后代，边关好武。

他们现在能分辨出来吗？

脱了鞋能，那些士兵的后代左脚小拇指都是两瓣指甲，我就是，回了家给你看。

进了医院，在住院部门口遇到我的一个同事，看见我们提着鸡和蘑菇，开口就问，你们去看病人。

看看天宁寺。

不知道同事是否听清了我的话，他匆匆走了。

我想起女儿出生时，也是在这个医院，我们没有钱，打算找个接生的在家里把女儿生下来，但临产时接生的怕难产，让我们去医院。我又想起前几年父亲、母亲的病，心情更不好了。

我们在医院转了一圈，除了面容惨淡的病人和一幢幢灰色的水泥建筑，并没有看到寺庙和僧尼的影子。

郑洁说，没有寺庙啊？

我用手画了一个圈，说以前这儿就是天宁寺。县志上记载，咱们回去看。

路上,那只鸡不停挣扎,老程和阿金换着提它。

回了家,鸡咕地怪叫了一声,女儿吓得躲进妻子怀里。

妻子问,干什么? 她的眼睛红红的。

小鸡炖蘑菇。

谁杀鸡啊? 妻子问。

我不杀,我说。

我和妻子看他们三个人。

郑洁说,我来杀鸡。

郑洁去了厨房,老程和阿金都跟进去,老程又出来。

听到里面一声尖叫,然后那只鸡耷拉着半截脖子跑出来,血像一条断了线的带子。阿金和郑洁都追出来。郑洁手里举着血淋淋的菜刀。鸡向我们这边跑过来,一点血溅在女儿手上。女儿哇一下哭了。鸡突然断了气,倒在地上不动了,血咕咚咕咚冒出来。郑洁说,不愧是雁门关的鸡啊,这么难杀。

我说,我不会做小鸡炖蘑菇。

妻子说,我也不会。

这次老程进了厨房没有出来。

过了一会,闻到一股烫鸡的腥味。老程拿着一根鸡翎子给女儿玩,女儿笑了。我说,多拿几根,可以做毽子。

他们三个在厨房里做小鸡炖蘑菇,我和妻子在外面给女儿做毽子。

过了一会儿,厨房里传出香喷喷的气味。

女儿说,爸爸,我饿了。

我说，等等，一会儿就好了，让妈妈陪你玩毽子。

鸡端上来的时候，果然香喷喷的，还有一桌子色泽搭配鲜艳的菜。

阿金说，吃吧，肯定比北京大饭店的也好，正宗的山蘑和真正的土鸡，很难吃到这样的菜了。

女儿突然说，爸爸，我想去北京。

老程和阿金马上说，走吧，跟我们一起走。

我看着妻子和女儿说，等你大了爸爸带你们一起去。

吃完饭之后，老程和阿金要赶火车，我送他们去车站。

他们再三对妻子说，这次真麻烦你了，以后让杨一定带你到北京去。

我看到妻子的眼眶湿了，赶紧催他们走。

到了车站，看着候车室挤得满满的人群，我的心情好起来，对他们说，以后有机会一定要多带些朋友来啊。阿金把我叫到一边，从口袋里掏出一把瑞士军刀，说留给你做个纪念。我在丰宁见过这把瑞士军刀，真正的瑞士货，十几种功能，里面那把小锯子碗口粗的木头几分钟就能锯断。我说，你留着玩吧。阿金说，本来想给你带几本书，可是不知道你喜欢什么书，就想你也喜欢根雕，用这个做根雕吧。阿金把军刀拍我手里，过去和郑洁说话。

开始检票了，一大群人都拥过去。阿金说，咱们不急，反正都能上了车，让他们急。等到进站的人都进去，我们才一起进了站。站台上黑压压都是人，我说，不知道有没有座位？老程说,上去补个卧铺吧。天空黑乎乎的,一颗星星也看不到,我想今晚可能要下雨。

时间到了,车还没有来。

工作人员说,因为今天旅客多,火车晚点了。

……

终于,信号灯亮了。工作人员让大家排好队。一阵汽笛声响过之后,雪白的车灯掀开了黑暗,我有些伤感,有些难受,也有些轻松。队伍一下乱了,人群往前挤。我们拥抱、握手,互相说着长联系,多过来玩之类的话。

绿皮列车停下之后,人们都往车门前跑。但是车门没有开,等了两分钟,火车又开始鸣笛,缓缓启动了,像一只绿色蜈蚣,消失在黑暗中。人们大声嚷起来,愤怒地咒骂。工作人员拿着喇叭大声喊,给大家做工作,说今天车上的旅客太多了,已经严重超员,实在拉不上了。人们不听解释,更多的人在骂。

我看着老程和阿金,心里烦躁起来。说,走吧,咱们明天走。

他们两个人无奈地笑笑,说恐怕得向单位请假了,坐了这么多年火车,还没有碰上这样的事情。

我说,我们现在作风整顿,查岗很厉害,明天我一定得上班。

你忙你的,我们自己走,反正已经熟悉了。

我们出站的时候,人群待在站台上不散,仿佛待下去今天就能走。黑压压的人群和黑乎乎的天空离得越来越近。

　　火车晚点，出租车司机们等久了。车到站，又没有乘客出来，见到我们纷纷招徕生意。我并不搭理他们，推开一只只热情的手。出了车站，往东拐，不远处一家洗浴中心霓虹灯闪烁。

　　没有避讳郑洁，我半开玩笑半认真地大声对老程说，那里面有"鸡"，你们今天晚上住在那儿，好好洗个澡，休整休整，明天坐车也近些。

　　郑洁马上接着说，好，我来安排，我陪他们一起去，阿金老程来了山西不光是你一个人的客人，是咱们山西的客人。

　　我没有坚持，把他们送进灯火辉煌的洗浴中心，一头扎进黑暗中，这个现代的洗浴中心和古老的雁门关一样，离我遥远了起来。

膝盖上的硬币

传说有一种钢叫"风钢",打成的刀子最锋利,铃盖就是这种钢做成的。我想不清楚笨头笨脑的铃盖怎么会用这么好的钢做。但是铃盖焊上一根链锁,绝对是一件好武器。

我问黑子:"是不是这样?"

黑子眯着小眼睛说:"不知道。"

"你怎么会不知道呢?"

我在拉风箱,黑子和他弟弟一把大锤一把小锤,叮叮当当打一把农具。四溅的火花中,我们的青春宛若一把正要淬火的铁器。

黑子家的铁匠铺在古城县衙对面的一排破房子中间,上百年的老式瓦房,屋顶起伏不平留下时间穿梭的皱纹,上面长满了瓦松和狗尾巴草。霜一落,草变得黄白,屋顶上的瓦更加黑了。

铁匠铺隔壁是一家小酒店,里面经常散发出一股香喷喷的气味,一些红头涨脸的汉子出入其中,"六六六、五魁首、八匹马……"这些威武的吆喝就出自他们的口。有时酒喝多了，一语不合，汉子们动起武来，顺手抽出屁股下的骨排凳，或者抓起桌上的盘碗。边关好武的遗风，流传了数千年。汉子们打完架，放好板凳，赔了盘碗，继续"哥俩好"。

半后晌，饭店闲了下来，太阳却依然那么毒。饭店的老板和伙计脖子上搭一条毛巾，躲在大门洞里吆喝人打扑克。

李渔拖一个凳子，坐在男人们后面看打扑克。她手里经常捧一把葵花子，浓郁的瓜子香味镶嵌进密不透风的空气里，就好像她镶嵌进一堆男人中间。

我经常帮黑子拉风箱，希望他什么时候帮我打一把风钢制成的刀子。那时，我在县城上初中，借宿在姥姥家。学校里打架斗殴的事情很平常，我的同学们经常被闯进学校的社会上的人暴打一顿，或者在校外被拦住要钱。学校的保安只会晚上下自习后，用五节的手电筒晃晃学生宿舍看哪个里面学生还没有睡觉，对社会上的人一点办法也没有。我希望有一把锋利的刀子。

曾经攒过一个月的零花钱，通过同学买了一把刀子，可是钝得砍在手上也只是一道白印。这位同学领着我去他爸爸上班的工厂，说用电锯可以开了刃。可是去了几次，电锯旁总有工人，后来去得不去了。我把刀子给黑子看，黑子只用眼睛瞄了瞄，说，什么玩意儿。我只好耐心等待，让黑子帮我打一把风钢制的刀子。想起风钢这个名字，就觉得就很牛逼，比风还快的刀子。

80年代末,台球、旱冰、气功、霹雳舞在县城一下热了起来。人们从来不知道世界上还有这么多好玩意儿。黑子学习不好,可是玩起什么来都学得特别快,而且特别好。我和黑子每天早上五点多起来,环城跑一圈,然后一起练气功,我们希望练成飞毛腿,打通任督二脉,成为武林高手。黑子不知道从哪儿找来一本练气功的书,说是绝世秘籍。那时,我们都相信世界上有《九阴真经》《九阳神功》《葵花宝典》这类奇书。而且,我们还喜欢古龙笔下的英雄,像傅红雪、小李飞刀那样,每天不停地拔剑、出刀。我们腿上绑着自制的沙袋,气喘吁吁地跑着。

黑子忽然问我:"假如真能得到一本《葵花宝典》,你愿意不愿意挥剑自宫呢?"

我毫不犹豫地回答:"愿意。"

一说这个,我就想到了夜。心疼起来。

那时,我们搞对象,仅仅局限于晚上躲在黑暗中,悄悄说会儿话,或传递个小纸条。性在我们意识中,是那么遥远,谁也不知道它的好处。我喜欢上了我们那一级最有风头的一个女孩,她的名字叫夜。相貌现在想起来非常普通,可是她像黄蓉一样聪明,而且她是我见过的女孩子中被男孩子们追得最多的一个女孩。我曾经借着向她问题的借口待在她身边,她的发梢擦过我的手臂像春风拂面一样舒服。她给我解题的那些草稿纸我都保存着,打开它们总能闻到上面那股淡淡的清香,我想这是她的体香。她送给我的相片、贺年卡、纸条,我都宝贝一样珍藏着。而且，我也确信她喜欢我。有段时间，我们俩的自行车总是头靠头并列放在一起，像比翼双飞的小鸟。晚上放学后心有灵犀地一起离开教室，俩人推着自行车，不说话，互相瞥一眼，离开学校，走到河堤旁的一个岔道口不约而同地停下。冬天的星星结了冰似的冻在天空上，一群一群的同学们从我们身边走过。慢慢地四周只剩下风，黑暗中只有我们，尽管手中都还推着自行车，最起码隔着三尺远的距离，我却能感觉到她的体温和气息。她的眼睛一闪一闪，像小河里泛光的冰。我们谈理想、人生、琼瑶、金庸，但不谈爱情。我们互相瞥一眼，不说话，都明白对方的意思。

可是，冬天还没有过去，冰雪还没有融化，和她站在岔道口的就是另外一个同学了。

每天放学后害怕看见他们，经常第一个先走。有时回晚了，不得不从他们身边走过，感觉心不是自己的了，像怀里揣着一块沉重的石头。不想看见他们在一起，总是低着头紧紧蹬几下车子闪过。我的自行车也总是孤零零停在车棚里，像一只失去伴侣的大雁。有一天，我把她给我的相片、贺年卡、纸条都放在她课桌上，一句话也没有说扭头就走。从那之后，我们很长时间都没有说话。我喜欢上了李寻欢、金世遗这些孤独的武功绝顶的大侠，而且，我也喜欢上了李寻欢的哮喘、金世遗的麻风，我觉得唯有这些身体上的病，才使他们那么完美。我甚至盼望夜得一场小儿麻痹病，留下后遗症，或者出场车祸，摔断胳膊和腿，即使她脸上长了麻子，一辈子躺在床上，我都喜欢她。

没有了夜,我觉得身体上的完整已经没有意义,何况是为了《葵花宝典》呢?

"黑子,你呢?"

"我可不做,做了那个还叫男人吗? 我还得给我妈生儿子。"

晚上,我们挤在露天灯光篮球场,看别人跳舞或者滑旱冰。我喜欢听那些忧伤的音乐,一听那些曲子就觉得是在唱自己,想流泪。黑子喜欢看那些漂亮的女人。他经常指着一个女人对我说:"看,多漂亮。"

一天,因为一件很小的事情,我们班上一位大个子同学打了另一位同学一记耳光,据说真正原因是为了女孩子——夜。我不知道还有多少人在喜欢她? 我更加渴望练成神功,或者退而求其次有一把锋利的刀子。

春天了,我们没有练成飞毛腿和绝世神功,可是附在我身上多年的咳嗽奇迹般地好了。以前,一到冬天我就咳嗽,咳得惊天动地,心揪得疼,背震得疼。姥姥用大罐头瓶子给我拔火罐,妈妈领我找中医西医,都不起多大用处。我自己倒不大介意,我觉得我的咳嗽是和夜有关的,尽管我的咳嗽早在喜欢上她之前。我们不说话之后,我更愿意大声地咳,不断地咳,我为自己咳嗽的痰里没有血而遗憾,那样我就更像李寻欢了。可是,我的咳嗽居然好了,李寻欢渐渐离我远去,夜也离我远去。

我帮黑子拉风箱,黑子和他兄弟一把大锤、一把小锤叮叮当当打一把农具。

我问黑子："你们怎么非要打农具呢？打兵器多好？开一家县城唯一的兵器铺多好？"

黑子说："你武侠小说看多了，开兵器铺想犯法啊？再说，现在有了枪、炮、导弹、核武器，冷兵器有多大用啊？"

我却为我这个念头兴奋不已，我想自己以后长大了开个兵器铺，刀枪剑戟十八般武器样样都有，而且我会把自己的血融到铁里面，打干将、镆铘那样的神兵利器。

屋檐下的燕子回来了，它们用唾液把泥巴一层一层垒起，一只、两只飞出去觅食。人们说，不能捅燕子窝、吃燕子肉，弄了要得红眼病的。鼓楼下的胡燕不知道哪一天也出现了，它们简直可以说是铺天盖地，早晨和傍晚的时候围着高大的鼓楼呼啸成一片，在晨曦的微光和黑暗的剪影中，它们迎来白天，也送走白天。两种燕子都是黑黝黝的，胡燕的个头大概比家燕稍微大点，或者两种燕子本来就一模一样，可是它们一种叫胡燕，一种叫家燕，根本就不一样。我觉得胡燕像古代的侠客，它们中间隐藏着一两只绝世高手，是它们的灵魂。家燕像勤劳的农夫，每天早出晚归。

夜在整个春天，穿着一件黄色的耀眼的运动衣，走到哪里，都带来一团灼热的目光。有人说，她开始和高年级的男孩约会了，就在我们教室。还有人说，看到他们在接吻。听到这句话，我的肺好像一下就炸了，我又咳嗽起来，可是只是一阵干咳，没有以前那种惊天动地的真正的咳嗽了。

晚上放了学，我走出教室，躲在一排树干开始泛青的杨树下，树叶还没有长出来，可是树下不时掉下些湿漉漉的东西，像细小的雨滴。我盼望下一场大雨，把自己淋得浑身透湿，最好再发一场高烧。

教室里的灯熄了，又等了一会儿，我蹑手蹑脚走过去，觉得自己的行为很不光彩，像一只偷食的猫。我看到夜坐在她白天靠近窗户的那个座位上，那个高年级的男孩坐在她旁边，月光照在他们脸上，夜不知说着什么，哧哧笑着，露出雪白的牙齿，那个男孩望着他，从他的眼神里我读到了熟悉的东西。他们两个人的手都放在桌子上，夜的手里把玩着一支铅笔，男孩的手安静地一动不动，可是我觉得它们在靠近，我想他们的手一定会先握在一起，然后是嘴……我觉得夜分明是在挑逗那个男孩，从她闪动的牙齿和舞蹈的手指中，我看到无限风情。我逃离了那个晚上，觉得自己做了一件很恶心的事情。

铁匠铺屋顶上的狗尾巴草和瓦松又绿了，低矮的房子像人头上挽了一个鬏似乎长高了。我帮黑子拉风箱，隔壁饭店的老板和伙计又在吆喝人打扑克。

我问黑子："你什么时候帮我打一把风钢刀子呢？"

"要刀子干什么？打架关键是比谁狠。只要能下了手，到处都是武器。"边说，黑子边把手中的锤子狠狠砸在一块铁上。

铁尖叫着蜷缩起来。

李渔拖着凳子坐在后边看他们打扑克。

晚上,黑子拿着一双自己制造的旱冰鞋带我去灯光篮球场。他让我穿上试试,我摇头拒绝。黑子穿上它们,双脚一用力,旱冰鞋像一双翅膀在他脚下飞起来了。转身、倒退、旋腿、交叉,这个黑子和学校的黑子、打铁的黑子都不一样了,他脸上泛着神采奕奕的光,露出笃定自信的微笑,我觉得黑子似乎陌生起来,他就要从我身边飞走了。

我不知道他什么时候学会滑旱冰,而且自己做了一双旱冰鞋。他为什么不帮我打一把风钢制的刀子呢?

春天仿佛一件刚换下的衣服,还没有来得及洗,夏天就迅猛地闯来了。

突然收到夜的一封信,打开,却一个字也没有。埋下头去,我在纸上嗅到了熟悉的芳香。仔细猜想夜的意思,有无数种设想,心激动和忐忑不安起来。没想到猝不及防地看到了李渔。我觉得那才是我真正第一次看到李渔。

那时,胡燕正在漫天的火烧云下披着黑色的斗篷闯荡江湖。铁匠铺和小饭店低矮破旧的房子在火烧云下变得金光灿烂,汉子们打扑克玩得汗流浃背,李渔站起来要去准备晚饭。我看到了她的膝盖,她的膝盖和白皙的腿比起来微微发黑,靠近大腿左侧有片地方发红,应该是伤口的地方贴着一个纪念币,用白胶布固定住,从露出的缝隙中我一眼看到是刚发行不久的一元钱纪念币,藏在白软的胶布中的纪念币在李渔膝盖上闪闪发光,比她白皙的大腿还耀眼,刹那间照亮了我苦闷的夏天,一下子我觉得李渔才是侠客一样的胡燕,夜再勤劳也是一位农夫，只不过捉捉虫子的农夫。我的目光停驻在李渔的膝盖上，但李渔已经进了饭店，我呆呆地站着，等她出来。

我怀疑自己看错了，为什么把硬币贴在膝盖上呢？而且是一元钱，一元钱的纪念币。一个星期的零花钱啊！这么大一笔财富贴在膝盖上？我想那块纪念币，可是脑中老是出现李渔白花花的大腿。李渔的大腿为什么那么白呢？

那天晚上，我躺在炕上睡不着，闪亮的硬币和白皙的大腿在脑海中交替出现，身子涨得难受。梦中我走在一个四面都是墙壁的胡同中，到处乱闯，轰一下，一堵墙撞塌了，身子轻得像要飞了起来。我想自己终于练成轻功了。在一阵甜腥的气味中，我睡着了。

第二天早上，在校门口碰到夜，不说话后总是为这样意外的惊喜而高兴，又为她的薄情痛苦。况且，刚收到她无字的信。这应该是一个特殊意义的早上，或许，是夜故意在等我。可是那天波澜不惊，我看到的夜只不过是一个普普通通的女孩，扁平的脸蛋上只有两只小眼睛异常明亮还有些吸引人，我不知道自己怎么以前会发神经似的那么喜欢她，还有那么多的男同学也同样着迷地喜欢她。

我对她微微笑了一下。

她有些意外，很高兴，低下头低声说："早上好。"

我们一起去了车棚，放自行车的时候她有些犹豫，我却径直停在一处空闲比较大的地方，点了点头先走了，没有像以前那样费尽心思总是想和她的放一起。

走在去教室的路上，我听到后面夜的脚步声，却没有回头望，也没有放慢步子。在早晨清晰的阳光下，我感觉自己真正像一位掌握了武功秘籍的大侠，心里一阵高兴，不由欢快地奔跑起来。

我在拉风箱，李渔在看打扑克。我的影子一动一动，一短一长，每次我都用劲把身子往后仰，希望自己的影子能触摸到李渔。我的影子果然像一株拔节的树苗，在渐渐长高，可是离李渔却还有那么一大段距离。我拼命增加动作幅度，黑子喊：

"慢点，火小点。"

我离开火炉，走到李渔背后，装作也看打扑克。李渔的脖子异常白皙，上面有些淡淡的茸毛，一缕头发落在脖子上，像一个问号。一股幽香从她身上钻了出来，像一把渔网。我贪婪地吸口气，屏住呼吸，然后长长吁了出去，李渔脖子上的问号没有了，发丝飘了起来。李渔回过头来。黑子喊：

"快点，火没了。"

晚上，跟着黑子在灯光篮球场练习滑旱冰，可是我怎样也掌握不了平衡，一穿上旱冰鞋就摇摇晃晃要摔倒。

黑子喊："两眼平视，不要看脚下。"

我一抬头，看见李渔走过来，偎依在那个小饭店年轻的老板身边，满脸都是幸福的样子。

我啪嚓一下摔倒了，躺在坚硬的水泥地面上，在无数川流不息的腿中间，我看到李渔膝盖上的硬币闪闪发光，像一颗流转的星星。我像一位受伤的勇士一样爬了起来,星星被众多的腿遮住,我迈开左脚,然后右脚,扒开纷乱的人群,重新看到李渔,星星倒挂了起来,我向着那颗星星滑动,流星一样从她身边擦过。黑子喊:

"好。"

我啪嚓一下又摔倒了,这次怎样也看不到星星了。

我疯狂地迷了上打铁,只要一有时间,就去找黑子。拉着风箱,心噗噗在跳,李渔一出来,落在铁砧上叮叮当当的打铁声就遮盖不住我心跳的声音了。我盼望李渔朝这边看看,像一句歌中唱的那样,"把你的好脸扭过来",可是李渔像向日葵一样只是围着那个小老板转。我暗暗猜测他们的关系,想李渔是不是那个老板的老婆,他们晚上在一起,李渔膝盖上的硬币是不是像衣服一样脱下来,一想到这里,我的心像做了贼一样惊恐不安。

想问问黑子搞清楚,又怕黑子知道了我的心思取笑我。

小饭店中还是会常常出现打架的人,一碰到这种事情,我放下风箱,悄悄揣一把农具过去看。我担心他们打架误伤了李渔,或者有人故意欺负李渔,而且我一厢情愿地把小老板想象成一个懦弱的男人,一旦李渔遭了难,他只会害怕地抱头鼠窜。这时我会勇敢地冲出去,挡在李渔面前,用手中的锄头或小铲去抵挡他们手中的板凳、盘碗。这时,我无比渴望风钢的刀子已经制成,我拿着它像拿着屠龙刀,号令天下。

　　黑子却不太喜欢打铁,总是和他爸爸吵着要去滑旱冰或者打台球。一站到篮球场上,穿上旱冰鞋,黑子就像一个追风少年,在人群中穿梭自由,还能随心所欲地滑出各种花样。我想他要是穿上一身黑衣服就好了,和鼓楼前那些胡燕一样了。

　　一个星期天的下午,我们去滑旱冰,黑子在我的鼓励下,穿了一件借来的二股筋黑背心,虽然没有配上黑色的裤子,但已经像蝌蚪长出了两条腿,快变成青蛙了。他那天状态特别好,而且场上有几个漂亮的年轻女孩,她们跌跌撞撞,像一群刚学习飞翔的天鹅。黑子有意在她们面前表现,风一样滑出一道一道漂亮的弧线,有时故意去撞她们,引来一阵尖叫,然后紧急刹车或擦身而过,惹得女孩们快乐地咒骂。在一次飞速后退中,他不小心撞倒了一个小孩。黑子没有去扶那个小孩,而是脱下旱冰鞋悄悄地走了。这种场合,谁撞谁一下太平常了。我想他可能是怕挨骂,便过去帮他扶起了那个小孩。可是,我扶小孩的同时,有人揪住了我。

　　"别走!"

　　我用劲挣扎,说:"你干什么?不关我的事,我只是看见他摔倒了,过来扶扶他。"

　　扭住我的人却说:"不是你撞倒他,怎么会去扶他?"

　　我心里骂自己多事,不再和她争辩,盼小孩站起来,好了事。

　　可是,小孩站不起来,说脚疼。

　　所有滑旱冰的人都不滑了,过来围住我们。

我不知道发生了什么事情，在叽叽喳喳的人群中，想小孩等会儿肯定能站起来。

可是，等了一会儿，小孩儿还是说脚疼，站不起来。

扭住我的女人急了，让我领着去医院。

我说："不是我，真的不是我。"

女人说："不是你，我怎么就揪住了你。"

我说："我是看见小孩摔倒了，过来扶他一下。"

女人说："不是你撞到，你怎么会去扶他？"

我不停地解释，可是周围乱哄哄的，没有人认真听我的话。

过了一会儿，又过来一些人，我看到了李渔，像看到了救星，想她一定会帮我说话。

可是，李渔一过来，就问揪我的女人："姐姐，出什么事了？"

"刚才这个小后生撞到了鹏鹏，不认账。"

李渔一把抓住我的胳膊，问："撞着人怎么不认账？"

这是几年来，我和李渔第一次靠这么近，而且她抓住了我的胳膊，可是在这种场合下。我的泪不争气地流了出来，哽咽着说："真的不是我！"

"不是你是谁？找你家长去。"

李渔拖着我，那个女人抱着她的孩子，一大群人浩浩荡荡跟在我们后面，我像一位被游街的犯人，感觉无地自容。

在黑子家的铁匠铺见到李渔好几年了，我不知道她是真的不认识我，还是故意装作不认识我。牵着我的李渔比我足足高一头，伸出的那只胳膊下露出黑黑的腋毛，不停地大声嚷嚷着，唾沫星子溅我一脸。以前那个捧着一把香喷喷瓜子的李渔不见了。她像画皮一样露出狰狞的面容。

在前面十字路口,队伍停了下来。

李渔问:"朝哪边走?"

我闭上眼睛,害怕碰见同学和老师,而且心里也确实不知道要往哪边走?我像一只待宰的羔羊,听天由命。

人群都在我背后停下,小孩在她妈妈怀里哼了起来。李渔攥紧我的胳膊,另一只手在我背后推了一下,快走啊!

我闻到一股油腻腻的味道,从旁边李渔的身上散发出来,这种味道是那种陈年老锅刷的味道,只有一直待在小饭店的人才有。我想起不久前在李渔身上闻到的那股幽香,不知道怎么人身上的味道在这么短时间内变化这么快?我睁开眼,看了一下李渔的膝盖,那块闪闪发亮的硬币没有了,原来贴硬币的地方留下一块丑陋的疤。那一瞬间,我忽然明白,李渔只不过是一个小饭店的老板娘,或者是个跑堂的服务员。她膝盖上贴个硬币是大概只有她这种人才会做出的炫耀行为,可能她还想把钱贴额头上。我想象着带着血和脓的一元钱的硬币能干什么?买一碟花生米、割二两猪头肉,或一袋雪花膏……

一个声音打断了我,"这不是和黑子一起打铁的那个后生吗?"

我看到那个饭店的小老板赶过来。我想他会给她们说说,放了我。我用期盼的眼光望着他。

李渔说:"他不肯领着我们去找家长。"

老板说："一起去找黑子吧,找到黑子还找不到他家长?"

我猛地一挺身子,喊:"我不去!"老板在背后用劲推了我一把,有些得意地笑了。

"我不去!"我使劲踢着腿,拧着身子。

"啪",一个耳光落在我脸上。

"由你?"

"你怎么打人?"

屈辱和愤怒让我的眼泪又不争气地流了出来,而且更让我难堪的是我看到夜正好推着车子走过来。我想她很了解我,会很豪气地站出来。可是,她显然看到了刚才打人的一幕,仰起头来望了我一眼,眼里满是惊诧和鄙夷。我想起在那些满天都是星星的夜晚,我们俩推着自行车站在结冰的小河旁,四周一片黑暗,可是我们心中充满光明。

我觉得一切都完了,我的心里充满了绝望,由此,我的心硬了起来。此时我手中有一把刀子,一定宰了他们。

不容我多想,老板抓住了我的另一只手,我被这对狗男女一左一右押着,像要上法场的犯人。可是,我的心里还是盼望夜马上回去把我的事情告诉同学们,呼啦啦来一大帮人,一起帮我和他们说理。

……

到了黑子铁匠铺前,看到他和他爸爸正在用劲打铁。他那件黑色的背心随着用劲,在没有风的夏天飘了起来,露出的身体上都是汗。

"黑子。"

老板叫了他一声。

打铁的黑子抬起头来，他看到了我和一大群人，还有抱着孩子的女人，脸色一下变了。他举着打铁的锤子站起来。

"黑子。"我朝他眨了眨眼睛。

黑子根本不看我，只是用劲咬着嘴唇。

老板的声音弱了，"小孩被撞着了，他说不是他。"

"黑子，不是我。"

黑子的爸爸站起来，望望人群，看着我和黑子问："是他？"

我说："不是我。"

黑子爸爸的眼睛中冒出火来，他狠狠一拳打在黑子脸上，黑子手中的铁锤掉在铁砧上，发出咣当的巨响，然后血从鼻孔里流出来，掉在正打的那块铁上，我看到铁的颜色变了，猛地痉挛了一下掉在地上。

"撞着人家还不快给看去？你们凑什么热闹？"

黑子爸爸一把抱过女人怀中的孩子，朝医院走去。黑子跟在他后面。女人、老板、李渔跟在他们后面。人群渐渐散了。我跟着走了几步，没有一个人招呼我，这件事情一下变得和我没有一点关系了。黑子自始至终没有瞧我一眼，我知道我成了他心中的叛徒。我觉得没趣，折回铁匠铺，溅上黑子血的那块铁掉地上，沾了泥土，变成灰褐色的一坨东西，丝毫看不出一丝灵气。

孩子的脚骨折了，在医院里拍了片子，还拿了些药，花了黑子家几百元钱。黑子什么也没有和我说,从那之后黑子就再没有和我说过话,我也再没有去过铁匠铺。

毕业之后,黑子没有继续上高中。

过了一段时间,铁匠铺、小饭店那溜房子都拆了,重新盖起来的房子是一排楼房,明晃晃地贴满了瓷砖。黑子家没有重新开张铁匠铺,而是弄起了台球厅。黑子很快就成了传说中的雁门第一杆,只要球杆到了他手里,几乎每次都能一杆挑。名声传出来之后,没有人敢跟他玩了,他就只好老老实实看摊子。几次路过他的台球厅,看见他总是头一顿一顿在打瞌睡,有时还能看到长长的哈喇子像一根细细的蜘蛛线,从他嘴里吐出来,亮晶晶的。他的父亲经常在一起帮他照看摊子,老人不干打铁的重活之后,仿佛老得很快,头发几乎全白了,手中握着那五颜六色的台球仿佛握着一只鸽子蛋,我总感觉他一用劲就可以捏碎。李渔和那个小老板结了婚,在我们学校门口开了一家快餐店,一到放学时候,小老板站在门口招徕顾客,每次看到我总是把头低一下。李渔经常坐在门口奶孩子,孩子一哭她就掀起衣服来,好多同学在她那儿第一次看到女人的乳房。夜和我考上了同一所中学,分在同一个班,而且坐了同桌。还是有那么多男孩喜欢她,她忙着和各种各样的男孩约会。圣诞节,我看到她叠了好多幸运星,把它们分成十几份,每一份放在一个信封里,夹一封信和她的照片。我想到几年前,收到她这样的礼物时的激动心情,很开心。

我们迅速老去

　　老季是比我迟半年来到L城的。那时我刚陷入一场无望的爱情，不可自拔。老季给我来信，问能不能找个医院实习。我们刚开过老乡会，在这个远离家乡小而又小的城市，凡是我们能联系上的人开老乡会都邀请。记得有一个老乡是市医院消化内科的主任。我抱着试试看的态度，去问老医生。他说可以。老季便来了。他不是一个人来的，还领着个女孩，也是学医的。这个女孩漂亮、高挑、皮肤极白，说话的声音软软的，总是笑，老季叫她王丽。王丽的到来勾起我的痛，在那个年龄，追求女孩子唯一的标准就是漂亮，王丽无疑是一个漂亮姑娘，第一次见面给我留下好感。

　　老季是我的老同学，但一直不太了解。初三下学期，他不知道从什么地方转到我们学校，老师安排他坐在我后排。他几乎从来不说话，也不笑，有人偶尔和他开个玩笑，他像野兽一样警惕。他的成绩极差，几乎没有人注意他。但他也上了高中，分班时我们又到一起，还在一个宿舍。他不学习，整天练武，每天早上大概四点钟就起来，去外面锻炼，上课时间像猫科动物一样总是趴在桌子上睡觉,晚上在床上打坐,谁也不知道他打多长时间。上到高二的时候,他忽然不上了。后来听他一个同村的同学说自费学医去了。

这次来学校找我,老季变得特别能说,但他说的话都笨拙无比,尤其是开玩笑时,总是他一个人嘴角掀起来僵硬地笑笑,可是他的话里,隐隐约约透露出他见过很大的世面,好像在江湖中混过,有一股狠劲。我那时非常迷恋武侠,但根本不相信一个武林高手在我身边,觉得老季不仅变得能说,而且爱吹牛了。王丽大概就是被他吹牛吹来的。

老季和王丽都去了市医院实习。他们暂时没有住处,我一边帮他们找房子,一边让他们在宿舍里留宿。我们宿舍有一个本市的同学,每天晚上都回家。老季通常住在我们宿舍,王丽住在女老乡的宿舍。他们没事的时候,经常待在学校。我从学校食堂打饭给他们吃,周末到阶梯教室看录像或去舞厅跳舞。学校没有电影院,周末便在阶梯教室里播一些诸如《飘》《红与黑》《教父》之类的录像,男男女女的恋人们常去那儿消费时光,周围一些连阶梯教室也没有的学校和社会上一些年轻人也经常过来。舞厅是校团委弄的,平时排练一些文艺节目,面积不小,布置很简陋,却是学生们周末的一个乐园。

老季租房子的过程和别人不大一样。那些天,我一下课就陪他和王丽去学校附近问房子,当时也不清楚为什么非要把房子租在学校附近。在偏僻落后的L城,那时学生们还不敢在外边同居。我们问的房主几乎一听是年轻男的和女的住一起,第一个问题总是,结婚了吗? 老季摇摇头,王丽涨红脸。房主就说,不租。我们挨着学校附近的巷子一条一条过,一家一家问,我们有的是时间。那天,转到学校后面的一户人家时,房主是个年轻男的,满脸络腮胡子也不刮,看起来老面。他问:

"结婚了吗?"

"没有。"

房主没有像别的人那样马上说不租,而是打量王丽。王丽把脸垂下去,不住地用脚尖抠地,抓住老季的胳膊让他走。老季不走。

他说:"我们已经订婚,我奶奶刚死,不能结婚,等她过了百日,我们就结。"

我不知道老季的奶奶什么时候死的,但他表情一副凝重,一点也不像说谎的样子。

"你们是干啥的?"

"医生。"

"我爸的腿不能动了,你能看吗?"

"我们家祖传专治这个,我给他扎半个月,保证能动。"老季说这话的时候笑了起来,一副胸有成竹的样子。

太阳快落山了,老季黝黑的脸上被涂上一层金色的光,他看起来有些庄严。他从口袋里变戏法似的掏出一个小筒,拔出像笔帽似的一边,里面是一把银色的针。

"我看看大伯去?"

两个男人一前一后走向中间的一孔窑洞,太阳把他们的影子拖得极长。我和王丽跟上去,在门口被老季拦住。

"这个技术不能让外人看。"老季的眼神刀子一样把想看热闹的我们阻止在门外。

我算外人吗? 王丽算外人吗? 我的心里有些不快,决定回学校。没走到院门口,王丽拉住我的袖子。

"咱们等等他吧。"

"他能看了吗?"

"不知道。"

我蹲在地上,拿一些小石子无聊地打对面的一个磨盘。王丽也蹲下来,我们俩影子的头触在一起。她的皮肤确实白,我想从上面找些瑕疵,可是她的脸像用一块完整的小山羊皮制作的,没有一丝斑点,脸上的绒毛极细,像桃子上面的,不仔细看根本看不到。我想老季抚摩这张脸时的感觉,心里的痛又涌上来。我平时最恨等别人和让别人等,我把手中剩下的几颗石子用劲都甩出去,打在一个给鸡饮水的罐头瓶子上,瓶子碎了,里面一些残留的水流出来,在地上很快渗下去了,留下一摊湿湿的痕迹。我猛地站起来,王丽也站起来。她向窑洞走去,走到门口抬起手来要敲,又放下来,我的心里有种恨恨的感觉,不清楚王丽为什么怕老季。我当时把这理解成怕。王丽微笑着向我走过来,我惊讶地发现她的影子没有了。看我的,也没有了。太阳已落到山后。王丽一直朝我笑,走近的时候,我几乎能闻到她嘴里淡淡的香气。我寻找刚才那摊水的痕迹,还在,我努力想看出它像什么样子,但什么也不像。门忽然开了,老

季和房主出来。他们握握手,房主说:

"你什么时候都可以搬过来。"

"尽快。我明天再来。"

他们又握了握手,房主进了窑洞。老季擦头上的汗,他确实做了这么个动作,他摊开左手,上面是一把钥匙。

我兴奋起来,路上我问老季:

"你能给他看好吗?"

"我刚才给他扎的已经感觉到疼了,配合气功,过两三个月就能好。"

我没有想到老季有这样出色的本事。往他肩膀打一拳,拳头还没有落上去,他肩膀一缩,手搭到我拳头上用劲一拧,我的脚尖不由踮起来。

我喊:"你干啥?"

老季松了手,我的手上留下几个红印。

"你有这么高的技术,刚才为啥不让我们看看?"

"祖辈遗留下来的规矩,连媳妇也不能看。我们结了婚王丽也不能看。"老季边说边扭头看王丽。

"我们这门技术传子不传女,闺女也不传。"

"那你们要是以后生不下儿子呢? 现在都计划生育。"

老季好像没有想到这个问题,他呆了呆,然后说:"和别的女人。"

我很尴尬,看到王丽的脸色也不好看。

我说:"开玩笑,大家都开玩笑,你们都学医,你们家以后就是医学世家。我回学校了,你们啥时搬家打个招呼,我去帮忙。"

老季淡淡地说了句:"再见。"

我走在回学校的路上,看不到我的影子,心里有一种莫名的恐慌,以前从来没有注意到还有没有影子的时候。我像一个丢失了东西的人。我奔跑起来,我希望影子藏在我身上某个地方,我一跑它就掉出来。那天,我一直跑回宿舍,按亮灯,才又看到我的影子。

老季一连几天没有来学校找我,星期六上午突然来了,说是要请学校的几个老乡吃饭。这几天我的心情糟透了,干什么总是想李铃。我们学校是由一所师专学校和理工学校合并到一起的,校址不在一起,我们中文系住宿在师专这边,上课在理工那边,李铃她们住宿在理工那边,上公共课和实验课在师专这边。一个星期我们有几天在路上相遇的时候,这个时候是我开心的时候,也是痛苦的时候,总是渴望见到李铃,又害怕见到她。见了她,我痛苦的不可遏制,但心里很踏实。偶尔一次没有遇到她,心里总是为她不去上课想种种的理由,一整天心神不宁。李铃因为漂亮和故事多,永远是人们注意的焦点,那些知道我们关系的同学不时把她的消息告诉我,我每天好像活在地狱中。老季请客,我想到他和王丽,羡慕得厉害。

没有想到老季把房子已经收拾好,搬过来了。这是一间极普通的窑洞,一进门就是炕,在墙角叠着一摞铺盖,盖着一块鸳鸯戏水的被单。被单不大,只盖住中间一部分,看着那些交错叠在一起的被子和褥子，并排放的两只枕头，我的思想飞了起来。老季请我们吃饺子，但没有擀面棒，就由王丽和几个女同学用手捏饺子皮。王丽的手白白嫩嫩，手指纤长，虎口处有一个瘊子，圆圆的一团面，在她手里转来转去，面转她那个瘊子仿佛也转，面越来越薄，她把弄好的饺子皮放下后，上面还有她模糊的指纹印。那天的饺子包了好长时间，吃起来格外香。老季买了酒，每个人都喝了。在大学时期，每一次聚会，女老乡或女同学们都喝酒，毕业后很多人突然就不喝了。这顿饭一直弄了好几个小时，收拾好以后，天已经快黑了。我们一起去看录像。

那天放什么录像我忘记了，只记得人特别多，阶梯教室里很热。看到一半的时候，王丽说很难受。老季带她去了院子里，我们也跟出来。王丽的脸色苍白，呼吸非常急促。大家都说去医院，王丽说什么也不去，老季也说不去。我们扶着王丽回他们的屋子，走在路上，王丽的身子抖起来，还吐白沫，我们担心是酒精中毒，再次说去医院，王丽已经有些昏迷，但拼命摇头，老季说不用去。王丽的样子害怕极了，我们几个站在马路中间，拦住一辆小车，说有人病了，让司机帮忙送一下。司机瞅瞅我们，把车门打开。老季抱着王丽进了车里，我们跟在后边跑。回了他们的屋子，王丽的身子变得特别僵硬，一点知觉也没有了。我们脸色苍白，满头大汗，都不知道该怎么办好？这时老季显得比我们镇静，他说王丽昏迷了，让我们帮着往过揉。老季抱着王丽的头，切着她的人中喊她的名字。我们几个抱胳膊的抱胳膊，搬腿的搬腿，用劲窝回去，拉直，谁都不知道这样管不管用,我们觉得今天要出大事。

慢慢地发现搬她的胳膊和腿的时候不太僵了,然后她脸上出现红晕,我们更加用劲,终于王丽长长地吐出一口气,我们都瘫在炕上。王丽醒过来之后,说好累,然后喝水。过一会儿,和平时一模一样了。老季说,楼门快关了,让我们赶紧回。走在路上,大家都不知道刚才王丽到底怎么回事。到师专校门口的时候,我不想回,有一种强烈的欲望要见到李铃。

我跑到理工那边,离关楼门的时间差十分钟了,她们这边宿舍是单元楼,我用劲敲她的宿舍门,门开的时候,有一股热乎乎的气流跑出来,她们说李铃没有回来。我在楼前等到学校保安把楼门锁上,李铃还没有回来。校园里空荡荡的,楼上不断有欢笑声传来,我不知道李铃哪里去了。在她楼下一直等了一个小时,她还没有回来。我知道她今天晚上不回来了。我跑到操场,发了疯似的跑了一会儿,心里还是痛得厉害,便躺下来,像驴一样在地上打起滚来,等累得再也不想动的时候,我又来到李铃楼前,每个窗户里都黑乎乎的,我知道李铃肯定还没有回来。

爬窗子回了我们宿舍,躺在床上一晚上都没有睡着。第二天开楼门的声音一响,我就冲下楼去,往理工那边跑。头沉得要命,短短一段距离,觉得好像在登天。到了理工那边,由于是星期天,院子里人很少,我蹲在她们楼前,希望能听到从里面传来李铃的笑声、说话声,要是能等到她们宿舍的人,更幸运。可是等了一会儿,我看到李铃从学校外边回来,偌大的校园内只有她一个人走过来,太阳已把它的光辉毫不吝惜地洒在每一个角落,李铃身上也不例外。她像从一个极黑的地方回来,头发有些凌乱,脸色发青,走近的时候发觉她眼圈也发黑。她轻飘飘地瞟了我一眼,怕冷似的把衣服裹了裹,加快步子低头走进楼道。我伸出手想抓住她,不知道她怎样反应,怕让别人看见,想了想没有动。我在楼下继续等,希望李铃能下来。楼里的人慢慢出来了,她们有的伸着懒腰,打着呵欠,像一只只母猫,有的穿着运动服蹦蹦跳跳,像只兔子。李铃像什么呢?公鸡。出众、占有欲强。

又等了一会儿,出去锻炼的人们陆续往回返,楼上的人们拿着饭盆出来,饭的香味飘了过来,我想应该给李铃打上饭,拿上去,可是我一直鄙视这样的行为。我希望她下来,宁愿把口袋里所有的钱掏出来,请她吃饭。

好多人吃完饭往回走,李铃宿舍认识我的人看我,我恨不得有件隐身衣披上。那些吃完饭的女生们化好妆出去逛街,饭厅的门关了。李铃肯定知道我在楼下,她们宿舍的人一定对她说了。我不知道李铃为什么总是这么心硬,我的尊严在她面前慢慢被蹭光。

回师专的时候,我走得特别慢,我希望背后突然有人喊我,走着走着,猛回一下头,希望李铃在后面悄悄跟着我。我越来越失望,李铃不可能来了。我们俩从来缺乏一种默契,可是我就是喜欢她。

回了宿舍,我又躺到床上,时间好像对我毫无意义。睁大双眼,脑子里乱糟糟的。中午的时候,我没有出去吃饭,肚子饿得呱呱叫,我觉得有时肉体的痛苦能减轻精神上的痛苦。我希望有个机会让我去抓贼、救落水儿童、上战场,我渴望自己在一个崇高的事情面前灰飞烟灭,现在生不如死。

吃过午饭之后,几个老乡来找我。他们吃饭的时候没有看见我,听宿舍的人说一直躺着没下来。我有些感动,李铃要是有他们对我好的十分之一就满足了。

"吃点饭去吧?"

"不想吃。"

"我们陪你去。"

"不饿。"

此时要是李铃说这些话,我早就去了,我惦记的还是李铃,但我敢打赌,李铃中午肯定去吃饭了,这个女人,她永远和我不一致。

"起来吧,一直躺着多累。""咱们一起去看王丽吧?不知道她今天怎样了。"

王丽昨天的样子又出现,是啊,我们应该去看看她,多么善解人意的一个女孩,李铃要是有她一半好就行了。

我们到了老季他们的窑洞前,里面传来一阵美妙的歌声,是《人鬼情未了》的主题曲。王丽正在刷碗,见我们进来,歌声停下来。老季躺在炕上看一本杂志。我想哭,这温暖的一幕竟然难以承受。

王丽要给我们张罗饭,大家都说已经吃过。老季从炕上坐起来。王丽和以前的样子一模一样,看不出昨天发生那么大的事情。她摸出两副扑克,说你们没事玩吧。我们打开"拖拉机",我总是心不在焉,经常出错牌。王丽收拾好过来给我支招,她的温暖我竟然也感觉到了,我想不去想李铃,做不到,昨天夜里她到底干什么去了?今天她又会在哪儿呢?

天快黑的时候,我们一起去外边吃拉面,然后去舞厅跳舞。一进舞厅,昏暗的灯光、迷幻的色彩给人蒙上一层虚幻的感觉,里面正在放摇滚,几个体育系的摩天大个手挽着手拼命摇晃,时而又双手向上,脚踩地板发疯似的颤抖。巨大的射灯摇头晃脑转来转去,一个女孩踩着鼓点梦一样地滑行于黑白交替之中。摇滚完之后,是一曲慢四,灯光亮起来,我的身子忽然抖了起来,老季顺我的目光望去,李铃和她宿舍的一个女孩正抱着转圈。

老季说:"是她吗?"

我点点头。

老季冲她们走过去。王丽挽住我的手,我扶着王丽的腰紧张地看老季,老季过去和李铃宿舍的女孩说了句什么,那个女孩退下去,李铃笑了,她的笑容像水面初融的冰,她接住老季伸出的手,他们舞动起来。

王丽说:"不要多想她。"

我摇摇头。

一曲完的时候,老季带着李铃转过来,把她交到我手里,我的手心都是汗,仿佛我从来没有握过李铃的手似的。我紧紧抓住她,怕她再从我手里跑了。

曲子换成探戈,我没有学过这个,被李铃带着走,我不知道为什么总是被她带着走。

"昨天你没有回宿舍?"

李铃没有回答,生气地摔开手想走。

我抓住她,说:"不问了,不问了。"

有些事是必须计较的,但我爱她,可以忽略一切,我只要她在我身边。接下来的动作有些僵硬,我希望这只曲子过得快一点,完了之后我们好好谈一谈。最后一个音符戛然而止,李铃仰着身子躺在我怀里。我希望时间停止,就这样抱着她一辈子。

一个人堵在我们面前,他的阴影落在我们身上。

"原来你在这里啊,快跟我走。"

一个又瘦又高的人从我手里拽李铃。李铃像木偶似的被她拽了起来,跟着他走。我像中魔了,呆呆地站着。反应过来,堵在他们面前。

"今天到底有多少人找你,让他们都来吧,你绝对不能走。"

李铃不说话,低下头,想撞开我走。和他一起的那个男孩有些轻蔑地看着我。我伸手拉她,老季已经幽灵似的站在他们面前。

他说:"教育教育他。"

老季的手伸了出去,他是手背扇在这个男的脸上的。男的捂住脸,老季狠狠一脚踹出去,男的倒在地上。体育系的大个

们围上来。老季把李铃的手抓起放我手里,说:

　　"你们走。"

　　他抓起吧台上的一瓶啤酒,用牙掀开盖子,咕嘟咕嘟喝了几口,往地上一磕,酒瓶碎了,玻璃渣子乱飞,有人尖叫,啤酒的沫子一朵一朵堆起,又暴灭。他用瓶茬子指着那个男的下体,像讲医学解剖似的说:"从这儿插下去,他就成太监了。"又指着他的脚筋说:"这儿插下去,他就成废人了。"然后他站起来,把瓶子狠狠摔在地上,更多的人尖叫起来。他转过身子,出门,没有一个人敢跟上来。

　　我拉着李铃的手,她脸色灰白。到校门口的时候,她不走了。

　　我说:"谈谈也好。"

　　"你让我回去吧,他不会放过我的。"

　　"你花他的钱了,还是欠他啥?"

　　"我和他已经……"

　　我的脑海刹那间出现空白。我望着李铃,说:"你看着我的眼睛。"

　　李铃低下头,几颗巨大的泪珠从她眼角掉下来。我用手擦她的泪,越擦越多。

　　她说:"我要回去。"

　　我拉住她,说:"我喜欢你,我什么也不计较,只要你对我一个人好。"

　　"你能做到吗?"

她又开始掉泪，说："我要回去。"

"我送你。"

她摇了摇头。我想拉住她，她说："这样你和他有什么区别？男人们都一样。"

我的手松了，我望着李铃消失在夜色中，觉得我的灵魂已经脱壳跟着她走了。舞厅的舞曲又响起来，学校的喇叭放《心太软》，"你总是傻傻地等，她也不会回来"。

那天晚上，很晚了，那个又瘦又高的男生来找我。

他说："你们算了吧，你把她让给我，打架的事到此为止。"

我摇了摇头："我喜欢她，让她自己选择吧。"

"我们已经……"

"她和我说了，我什么也不管，我要她。"

"你会后悔的。"

说完这句话，这个又瘦又高的家伙走了，从他的背影中，我仿佛看到自己的影子。

那天晚上，我再没有说一句话。

接下来的好些日子，我每天去找李铃。我的枕头下总是放着一把砍刀，口袋中装着一把弹簧刀。她像罂粟花一样，我知道找这样的女朋友不合适，可是我离不开她。我寻找一切机会想和她做爱，仿佛只有这样，保险系数才可能稍微大一些，那个瘦高的男生像道门槛，我必须超过他。我觉得自己大概疯了。我想最好能使李铃怀孕，她生下我的孩子，我们一起被学校开除，然后结婚，过日子。我知道选择李铃一辈子都不可能安宁，可是我就是想要她。

但事实上我们一次也没有做成，不是因为李铃拒绝，她从来没有拒绝过，听起来非常可笑，我们只是没有一个合适的地方。

在她们宿舍、我们宿舍，有时衣服都已经解开了，敲门声不合时宜地响起。一次在我们教室，都已经晚上十一点多，宿舍楼门也关了，我想今天就把问题解决。我们互相把手伸进对方衣服，我能明显地感觉到李铃的身体发热，她在邀请，再等一会儿，欢乐的时刻就来了。可是门开了，教室门没有插销，进来的人显然也有思想准备，他把动作弄得很大，我和李铃紧张地坐好。进来的是我们班另一对搞对象的，大概是回不了宿舍。他们进来，男的大声打了个哈哈，没有朝后边看，他们在前排找个地方坐下，两人搂着趴在桌子上，过一会儿，打起呼噜。我心里恨恨的，什么也不能做。

有一次我对老季说："用用你的房子。"

老季把钥匙痛快地给了我。下午下课后，我领着李铃去那儿，我想今天怎样也不会出问题了。我们到了他租房子的地方，刚要开门，房东过来了，就是那个满脸络腮胡子的家伙。

我说："老季让我过来的。"

他没有说话，盯着我们看看，走了。

我进了窑洞，把窗帘放下来，门插上，手伸进李铃的衣服，她马上热烈地回应。可是门响了，我气愤地打开门，那个络腮胡子进来了。

他说:"大白天拉着窗帘多不好。"一把把窗帘拉开。然后他把手中端着的沏满茶热气腾腾的一个大罐头杯子放在炕上,拿出一个二指宽的小指条卷起烟来。

李铃说:"我走了。"

"我送你。"

络腮胡子端起杯子说:"不喝茶?"

我把门锁好,李铃已经走出好远,追上去她也不理我。

那段时期,我像一只发情的猫,渴望找到一个地方,把事情办了。我感觉到那个瘦高个家伙并没有放弃,他好像一直在跟踪我们。

李铃生日那天,我约她出去吃饭。她有些喝高了。我说:"今天晚上咱们不回去了。"她说:"好。"我用自行车驮着她走遍L城的大街小巷,她在后面紧紧搂着我的腰,我觉得幸福极了。在一个招待所门前,我停好车子,打算去里面登记,可是发觉没有带身份证。当时这个地方,"扫黄"很厉害。晚上演通宵录像,看三级片让抓住,罚款不说,还剃光头。我犹豫了,怕害了李铃。在街上转半天,最后把她送回宿舍。

过了些天,老季领着那个络腮胡子去我们宿舍。

"因为赌博,现在公安局抓他,让他在你们宿舍躲几天避避风头吧?"

因为上次那件事,我对这个家伙存满恶感,现在又窝藏他,我有些犹豫。老季把我拉到一边,说:

"这个家伙在学校这一带势力很大,也够义气,留下他就等于帮我一次忙。"

老季这样说,我只能留下。我对宿舍的同学们说他是我的表哥,来L城找工作,暂时在这儿住几天。白天我们上课时,我最后一个走,把他锁在里面,下课后第一个回来,吃饭时给他打上饭。晚上我去找李铃,这个家伙早早躺床上睡觉,一句话也不说。我对他的表现很满意,觉得这样也刺激。几天之后,他突然要走了,说:

"够意思,有事来找我。"

时间过得真快,放寒假的时候,我对李铃说:"咱们假期里悄悄结婚吧?"李铃笑嘻嘻地答应。

整个假期,我对李铃充满思念,隔三天就给她写一封信。李铃一封也没有回。我心里却很踏实,想她在家里,应该不会出什么问题。

新学期开学的前一天,我到学校带了许多好吃的,去找李铃,她还没有来。正月的L城,风一刻也不停息,天空没有很厚的云,却灰蒙蒙的,给人一种空洞和惆怅。四周的山光秃秃的,上面没有植被也没有动物和人的影子,土灰色一片。东川河的水还没有消融,白色的冰面上是些很细小的黑色颗粒,满满铺一层,远远看去黑黑的一片,闪着白光。校内的冬青不像南方的俏丽挺拔充满生机,一棵棵像生病的老人灰头土脸蔫不拉叽蜷缩在一起。还有那些灰色的水泥楼。几乎没有绿色和其他鲜艳的色彩。但这并不影响我的心情,我觉得自己像太阳,可以照亮一切。

我站在校门口，每有一辆车过来就想李铃可能来了。隔半小时去她们宿舍看一下。天快黑的时候，李铃来了。她坐着一辆脚踏三轮车，带着一个大包。我很心疼，招呼车停下来，给了车主三元钱，帮李铃接过包，说：

"累了吧？快去洗洗，我请你吃饭。"

李铃点点头，似乎不愿意说话。我憋了一个假期，不停地说。到了她们宿舍门口，李铃说：

"你不用进来了，回吧，我累了，想歇一歇。"

"累了也得吃饭呀！"

"我不想吃，让我歇一歇。"

李铃像多少天没有休息似的，只有眼睛亮晶晶的有些光泽，她恳求地望着我。我心软了，一步一步退出来。天还没有黑透，月亮却出来了，很大很单薄，像一张纸片。天空中没有一颗星星，只有一个孤单的月亮。我的影子拖在地上，又瘦又长，淡淡的，仿佛用橡皮就可以擦去。学校周围的小饭店里到处都是人。一对对恋人的身影随处可见，这些一个假期没有见的可怜的人们，紧紧地挽在一起或拥在一起，脸上都是太阳的色彩。宿舍里的灯都着了，橘黄色的光从窗户透出来，人们高声说话放声大笑。我坐在东川河岸边的一块石堤上，积攒了一个冬天的凉气从石头上传来，我像变成传说中的石头人。

记得第一次认识李铃是在舞厅学舞的时候，大家面对陌生异性都有些羞涩，不好意思把手伸出去邀请对方。老师让我们站好，做个游戏。他说：

气球气球大了

气球气球小了

鞋带鞋带开了

屁股屁股歪了

高山高山跳高山

我是高山的木头人

不许说话不须动

看谁立场最坚定

随着他的指挥，我们站成一个圈，拉起旁边异性的手。我的右手拉着李铃的左手，那是十八年来第一次拉女人的手，我的心跳得厉害，李铃冲我调皮地眨眨眼睛，笑了，然后她松开手要去捂嘴，那一刻我好像把一件什么东西丢了，她又想起什么，拉住我的手，我害怕她再松开，稍微用了些劲，李铃皱皱眉，又笑了。等我们都成了木头人的时候，她的笑容被定格住，我知道将要一辈子存在我的记忆中，我爱上她了。

接下来的一周，我每天都去找李铃，她不是不在，就是找借口不和我出去。我去找老季，老季在看一本针灸书，王丽织一条围巾。他们在一起总是那么温馨。

我说："冬天都过去了，天也不冷了，织这个干吗？"

王丽说："还有下一个冬天啊！"

我对老季说："你把人家的腿看好了吗？"

"正在看呢！他不能动的时间太长了，得需要一个过程。"

"你和李铃怎样？"

我摇摇头，叹口气。

"李铃是个骚货，玩玩可以，千万不可当真。"

在老季说这句话之前，好多同学、朋友和老乡对我说过类似的话，我知道他们说得对，但我就是不能使自己不喜欢李铃。而且，我的心理近乎变态，喜欢听人们说李铃的坏话，好像人们对李铃的评价越差，我越容易得到她。我想当世界上每一个人都瞧不起她的时候，她才知道我对她爱的宝贵。我和老季、王丽说我的想法。

王丽说："你真傻。"

一天晚上，那个又瘦又高的家伙气急败坏地来找我。到了楼下树林里，我摸摸口袋，刀子不在，才想起已经好久没有带了。

"这几天你见那个骚货没有？"

这个家伙也这样叫李铃，我心里窃喜，摇摇头。

"她每天和我们系主任鬼混呢！去哪儿都是系主任的司机接送。"

"不可能吧？"但我心里觉得这个家伙说的是真的，不由一阵阵发凉。

"人们都叫她小娼妇了！为啥她能当班长？为啥系里让她入党？为啥能给她评上一等奖学金？比她强的人多的是，都是系主任那个老色鬼看上她。"

我不知道该说什么好。

这个家伙又说:"你该管管她,要不我就对她不客气!"

我觉得像做噩梦,她根本不听我的。

每天,我一有空就去打乒乓球或玩电脑游戏,不让自己有一丝空隙,一停下来,心就痛得厉害。李铃仿佛住进我的脑子,我一点办法都没有,我只有等,等李铃回来,我想她总有一天回来,我可以原谅她的一切。

一天下午,我正在打乒乓球,李铃忽然来找我。我有些意外的惊喜。我们到了操场,我仔细看李铃,害怕她变得让我认不出,可是看不出她有多大的变化,我在心里否定那个家伙说过的话。李铃摸了摸我的胡子说:

"长这么长了? 你瘦了。"

我的心里一下暖洋洋的,多少天对她的愤恨跑得无影无踪。

"我被他扎了一刀。"李铃说这句话的时候慢悠悠的,没有表情。

我惊得跳起来,"没事吧?"尽管李铃站在我跟前,还是惊恐万丈。

"没事。"

"扎哪儿了?"

李铃有些害羞地用手指了指下边。

"没有报告给保卫科?"

李铃摇摇头:"说给我们系主任了。"

一听系主任,我又觉得那些话是真的。

"没去找校医？"

李铃摇摇头。

"应该去找医生呀，怎么不去？我陪你去。"

我拉着李铃去了校门口的一个门诊，对医生说："她被扎伤了，包一下。"

"哪儿，脱下衣服。"医生冷冰冰的，没有多少热情。

我不知道他平时是怎样做生意的，催促李铃：

"快脱下衣服，让医生看看。"

李铃出现扭捏的表情，然后对着我们脱下裤子，我第一次看到李铃的下体，有些激动。寻找那个想象中的可怕的伤口，却只在大腿根发现一处伤，一点儿也不深，几乎连想象中的血也没有，只是破了一点，有些发红。我不知道当初那个家伙是怎样扎这一刀的。医生笑笑，用手摸摸那块地方，说："不要紧。"他拿出一块创可贴贴上，说："洗澡的时候可以取下来。"我有些愤怒，想这个家伙也是色狼。

那天，李铃一直和我在一起。她说她们系主任让她躲一躲，学校正在研究这件事情，害怕那个男的报复他。晚上，我让李铃去和王丽睡，老季到我们宿舍。

第二天传来消息，那个男的被开除了。晚上他去找过他们系主任，拼命地踢他的门。我觉得这不可能是真的，但中午放学后，开除决定就贴出来了。没人的时候，我去看了一下，是真的。我的心情糟透了，我跑到老季他们那儿，王丽正在做饭，李铃坐在一边在沉思什么。

我说:"你们走,中午不要回来。"

王丽看看老季,放下手中的活儿。他们一出去,我就插上门,拉下窗帘,把李铃扔炕上,脱她的衣服。李铃没有反抗,很快她就光溜溜的,那块可笑的创可贴不见了。我脱了自己的衣服,却一下软了。

李铃开始穿衣服,一件一件穿得很仔细。

"他被开除了。"

李铃仿佛没有听见,她继续穿衣服,穿好衣服,走到墙上挂的镜子前照了照,用梳子把头发梳好,拉开门走了。

我躺了好久,穿好衣服去照镜子,发觉自己好像被拉长了,变得又瘦又高。

学校里的人们到处在谈论这件事情,我变成一个哑巴,希望自己再变成一个聋子。

快过五一的时候,老季他们实习完了。他说和王丽回去在省城开一个门诊。我帮他们收拾东西。王丽把他们俩的衣服一件一件叠起来,弄得整整齐齐放箱子里;把镜子摘下来,擦干净放盒子里;被子、褥子都拆洗得干干净净,雪白雪白,摞一起包起来。老季叫车去了,屋子里只剩下我们两个。

王丽说:"忘了她吧!睁大眼睛去寻找。"

我点点头,不知道自己是哭还是笑。

五一的那几天,日子异常漫长,有人说李铃去省城了,我没有去找她。痛苦像蚂蚁一样一点一点啃我。我忽然羡慕那个家伙,他现在离李铃远远的,不用听她的种种绯闻,也不用每天为能不能看到她而兴奋或悲伤。或许他已经认真复习,准备再考一所更好的大学。

五一过后,有一个高高大大的男孩陪了李铃几天。听说是李铃高中时的男朋友,在四川上大学。我觉得发生什么事都正常,只是不知道自己的痛苦什么时候可以消除。我想世界上大概最难治的病就是心痛。

天气很快热起来,季节的变换好像对我没有什么作用。李铃的各种消息像热浪一样一波一波传来。她穿着薄薄的衣服,身子更加苗条和丰满。老季忽然来了,吃过晚饭后,我们坐在河边。

"我要结婚了。"

"哦。"我无比羡慕这个家伙,说:"什么时候,我一定去。"

老季迟疑了一下,说:"你能不能帮我办一件事情。"

"没问题,说吧。"

"你去找一下王丽,告诉她,说我出车祸死了。"

我觉得听到一个天大的笑话,我说:"你再说一遍。"

老季盯着我,认真地说:"你告诉王丽,就说我出车祸死了。"

"你这个混蛋,怎么能办出这种事? 不行! 我不去。"

"我们俩不合适,她们家太穷了,她还有几个弟弟,都没有工作。"

我看着眼前的老季,觉得这不是真的,侠客一样的老季怎么会在乎这些事情呢?

"不行。"

"你听我说。她去了我们家我妈对她也不满意,她是山里的,没规矩,处处惹我妈生气。我要是娶她我爸就和我断绝父子关系。"

我在心里想,老季你还是个人吗?

"再说,她有病,羊角风,你也看到过的。"

我像不认识老季似的重新打量他,他被我盯得有些不好意思,躲开我的眼睛。

"你一定要告诉她,我没有别的办法。她们家大概已经准备婚礼。"

老季当晚就走了。我没有留他。我知道以后没有这个朋友了。我不知道该不该对王丽说,怎样对王丽说,无论怎样她肯定要痛苦。我记起他们走的那天,她对我说,睁大眼睛去寻找。

我每天搁记这件事情,不想对王丽说,可是又必须要告诉她。我盼望老季忽然改变主意,或者他是开一个玩笑。一天当我在想这件事情的时候,李铃宿舍的一个女孩匆匆忙忙跑来找我。

她说:"李铃让绑架了。我们俩上街的时候,几个男的从一辆车上下来,把她弄走了。她挣扎着说了一句话,让来找你。"

我心里有一丝喜悦荡漾,李铃在最需要帮助的时候想到了我。

对面的女孩呼吸还很急促,从她扩大的瞳孔里我看到自己在迅速老去。

张晓薇,我爱你

1

赵小海中午放学走到粮站门口时,卖猪肉的胖子卷起袖子正在割肉,他满脸的胡子上都是油,神气的像张飞。卤肉浓郁的香味像一发炮弹,突然击中赵小海。赵小海晕头转向地站在粮站前,他看见太阳像胖子光秃秃的脑袋。一只狗忽然叼起地上的一块骨头,向前窜去。赵小海拍打着屁股,使劲追那只狗。狗窜过大街,跑到人少的麻袋巷时,放下骨头,忽然冲着赵小海大叫起来。赵小海打个趔趄,刹住脚步。狗从容地叼起骨头,一路小跑不见了。

赵小海顺着麻袋巷从后院往家里走。路过张晓薇家的房子时,看见她家后墙上写着"张晓薇,我爱你"几个大字。张晓薇吐着香气,用细长的舌头叫赵小海的样子立即出现在他眼前。赵小海朝四周望了望,没有一个人。他捡起一块土坷垃,在那行字上面写下更大的几个字:"张晓薇,我爱你。"

　　下午到了学校,赵小海迎面碰上张晓薇,想到自己写在墙壁上的字,微微有些脸红。头一扭,就要走过去。张晓薇喊了一声,小海,那种软软的香气扑了过来。张晓薇歪着头,眼睛亮闪闪的,一缕头发卷成小圈贴在白皙的脸颊上。赵小海的脸腾一下红了。张晓薇伸出一只白嫩细长的手,上面躺着一颗大白兔奶糖。她说,这是我爸从保定带回来的。小海伸出颤抖的手,捏了几次,才抓起那颗糖,手里像真的抓住一只小兔子。张晓薇走进高年级教室。赵小海呆呆站了几分钟,想起刚才张晓薇吆喝自己亲切的样子,有些幸福的眩晕。他把手中的奶糖小心剥开,牛奶的醇香扑进他鼻子,他想张晓薇说话那么香,大概就是这种味道。他把糖咬了一小口,那种奇异的香味一下袭击了他,他的身子颤抖起来,他把剩下的糖都塞进嘴里。一下午的课,他上得心不在焉,总在回味口中的异香。

　　下午一放学,赵小海第一个走出教室,冲出校门,拐进麻袋巷,跑到张晓薇家的房子那儿时,看见他上午写的那行字上面又多了两行字,上面第一行写着"张晓薇,贱货"! 第二行写着"张晓薇,我X你"! 一股热血冲上赵小海头脑,他伸出脚狠狠踢了一下墙壁,墙壁撞疼了他的脚,而且踢在"张晓薇"那几个字上,让他感觉大不敬。他忍住脚疼,掏出作业本,撕下一张纸,用劲擦起来。他先把那行"张晓薇,贱货"擦掉,本来打算再擦最上面一行,但不知为什么停了下来,改擦最下面的一行:"张晓薇,我爱你。"这一行刚擦完,他忽然听见背后传来一阵嚷嚷声。他赶忙站起来。可是李建军他们几个家伙已经站在他背后。

赵小海说，不是我写的。

李建军说，我们明明看见是你。

赵小海说，不是。我擦它们。他把藏在背后的手拿出来。

李建军一把夺过赵小海手中的纸，对着上面的字和墙上的"张晓薇，我爱你"比较，然后扬着手中的纸说，你们瞧瞧，这不是一模一样吗？

赵小海的头大了，嗡嗡直叫。他说，反正不是我。

李建军说，赵小海，你要流氓。这么小年纪，就如此下流。

赵小海几乎要哭了。他喊，真的不是我。

李建军说，都抓住你了，还不承认。他一把抓向赵小海的裆部，说，你这个生瓜蛋子，这么早就熟了。

其余几个人围上来，三下五除二脱了赵小海的裤子，抬起他的四肢上下左右大幅度晃动，边晃边喊，筛灰喽！这个平常也玩的游戏现在让赵小海感觉非常屈辱，他边使劲喊不是我，边疯了似的挣扎。李建军他们抓得紧紧的。赵小海的身子不停地飞向空中，又落到地上，一左一右，划出巨大的弧形，赵小海感觉自己像正在被处车裂的犯人。奇怪的是，"张晓薇，我Ｘ你"！这一行不是他写的字却随着他身体的每一次大幅度摆动，不停冲击着他的脑海，他感觉自己的下边慢慢硬了起来。

硬了，起来了。还不是你？李建军他们几个喊，忽然把他扔到地上。

第二天，赵小海到了学校之后，感觉几乎每个同学都知道他写下流话了。他想向同学们解释,那句下流话不是他写的。可是没有一个人问他,大家只是盯着他笑。赵小海感觉无地自容。他后悔自己疯了,怎么就跟着别人在墙上写那样的话。写就写了,还去擦别人的,而且没有把最下流的擦掉。赵小海趴在桌子上,他怕别人提张晓薇,他又希望别人提到张晓薇,他想只要一有人提到张晓薇,他就上去解释。这个上午,让赵小海感觉如此漫长。阳光一格一格从一个同学身上照到另一个同学身上,像给他们轮流照相,照到赵小海身上时,没有让他感觉到往常的温暖,他像一条怕光的虫子一样把自己缩成一团。他想张晓薇对自己那样好,可能再也不理他了。他把昨天吃完糖的那张大白兔糖纸拿出来,经过一天时间,糖纸在书里已经夹得平平展展,凑上去,还能清晰地闻到大白兔奶糖的香味。

中午放学铃声一响,赵小海第一个冲出教室,他想赶到那面墙壁前,把墙上的话都擦掉。在校门口,他碰见了李建军和张晓薇,李建军说了一句什么话,张晓薇伸出拳头去打他,李建军一闪,抓住张晓薇的拳头。赵小海呼吸有些急促,他没有想到李建军在校门口就敢抓张晓薇的拳头,他想抓起一块石头,把李建军的那只狗爪子打烂。可是李建军一返脸看见他大声喊小海时,赵小海不由哆嗦了一下,想跑,觉得不合适,只好慢腾腾走过去。边走,边用眼角瞟着张晓薇,他不知道张晓薇知道了这件事没有。张晓薇要是发脾气,他该怎么办。到了他们跟前,张晓薇还和以前一样,叫了一声小海。赵小海完全没有以前那种亲切的感觉了,他像一个被审判的犯人,身上的汗毛唰一下立了起来。李建军说，小海，晓薇和你打招呼呢，你怎么不说话？你不是……李建军没有把话说完，而是做了个怪怪的表情。赵小海把头深深埋下去，心里想，他们一离开，就赶紧跑回去把那两行字擦了。张晓薇冲李建军说，你就爱开玩笑。你走吧，她冲赵小海说。赵小海马上拔腿要走，可是李建军坏坏地说，他还小？他什么都想干。李建军一说这话，赵小海不敢走了。他害怕自己一走，李建军什么难听的话都能说出来。他从来没觉得比自己大几岁的哥哥一样的李建军嘴巴这么臭。

那天放学路上，赵小海一直紧张地跟在李建军和张晓薇后面，像一只将要被卖去屠宰场的羊。张晓薇身上淡淡的雪花膏香味执着地钻进他的鼻子，像一条看不见的绳子拂得他身上麻酥酥的，可是每一次李建军说话，都让他心惊肉跳，他害怕李建军对着张晓薇说出那行下流字。他拼命讨好李建军，不断抢着说话，李建军对他烦了，几次挥着手说，你先走吧，但是赵小海不敢。他一直和他们一起进了大院，然后他看着张晓薇走进自己家的门，他的心里才轻松了些。他想去把那两行字擦掉，可是又怕碰上住在后院的李建军。而且他忽然想到，假如自己把那行字擦掉了，那以后肯定就是他写的了，再也没有对证了。为了自己的清白，他还得把那行字保存下来，以后去对笔迹。

这件事情，折磨了赵小海好长时间。他开始有意避开张晓薇，每次远远看到她过来，他会忽然进了路边的一家商店或拐进旁边的一条小巷，估摸张晓薇走远了，他才偷偷出来。望着她渐行渐远的背影，惆怅和失落把赵小海心里塞得满满的。为了讨好下流货李建军,他把过生日时父亲送他的一把团剪送给了李建军,而且把自己好不容易攒下的一点零花钱给他买一种叫安纳卡的白色小药片,更过分的是,李建军经常把自己的作业本丢过来,让赵小海帮着他抄。每次赵小海抄着自己还没有学过的高年级作业,看着李建军用烧红的铁丝烫着药片,叼着纸卷嘶嘶吸着一副迷醉的样子时,他心里不停地骂娘。

2

张晓峰作为张晓薇家唯一的一个男孩子,有点娇气。他的娇气不是那种十分霸道自然的,而是像一株夜来香,在人们不易察觉的时候,丝丝缕缕表现出来。人们说张晓峰是他家抱来的孩子。他的样子确实也和张晓薇不一样,张晓薇是鸭蛋脸丹凤眼,张晓峰是小圆脸三角眼,而且长着一头卷发,和他爸爸妈妈都大不一样。

张晓峰每天早晨总是拿着一个白茶缸,站在门口"呼噜、呼噜"刷牙,有时整个院子的人们都在捧着碗吃饭,他在"呼噜呼噜"刷牙,人们听着他的声音,觉得反胃。夏天的时候,溽暑把人们都赶出屋子,大家燃一堆艾火,围着火堆谈天说地。孩子们有时围在外面,听大人们讲故事,有时一起呐喊着在闪烁的星空下捉萤火虫。张晓峰喜欢端上脚盆,坐在大人们旁边,边听大人们说话边洗脚。他一双脚泡半小时、一小时以上,脚上每一处地方都细细搓到,每次讲话的人说得唾沫星子乱飞的时候,张晓峰的脚也搓得龙飞凤舞,像那些讲话的声音给他伴奏。人们看到他这个样子，觉得这个男孩有些怪怪的，大家私下里议论，这样的男孩子村里他肯定待不住，而且他有个城里的爸爸，有指望。

张晓峰学习成绩很不好，每天上课他都坐在那儿仿佛认真听着，但总是走神，几次老师叫起他提问，他的回答都驴唇不对马嘴，有时老师的粉笔头打在他身上，他居然喊一声到，真不知道魂到哪儿去了。他每次考试都是倒数，但好多男孩子是他的好朋友，尤其是一些高年级的男孩子，他们不仅喜欢和这个有着一些癖好的小男孩做朋友，而且喜欢到他家里，帮他家干活。张晓峰虽然从小父亲不在身边，但从来没有受过村里那些野孩子的欺负。

"男怕拔麦子，女怕坐月子。"张晓峰的爸爸常年在保定工作，家里没有成年壮劳力，但他们家的活儿从来不用发愁。来他家里的那帮半大不小的男孩子在他家里眼勤手快，表现积极。每年拔麦子的时候，他家只要定好时间，那些男孩子第二天早上不到五点钟就集合到了地里，太阳还没有爬上山头，麦子已经铺倒一地。那些有壮劳力的人家在地里顶着大太阳汗流浃背大干着，麦芒刺得他们脸上、胳膊上满是血印子，汗一道一道流下来，流进那些血印子，像撒了一层盐。汗水迷住他们的眼睛，他们边加紧干着，边不时望望天空，他们害怕老天突然变脸，下大雨刮大风。这时，张晓峰家的一捆捆麦子已经装在车上，孩子们吹着口哨，扬着一张张通红的脸，等待他们的是张晓峰家里的绿豆稀饭、精致的咸菜和张晓峰爸爸从保定带回来的点心。

　　张晓峰的这些朋友，每一个都是张晓薇的朋友。张晓薇几乎没有同性的朋友，也许因为她的异性朋友太多了，忙不过来交同性朋友。她的周围总是有一大帮子男孩子，她给别人介绍的时候，说这些人都是张晓峰的朋友。他们每天和这些朋友玩在一起，张晓薇看起来有些大大咧咧，对什么都满不在乎。张晓峰做事情小心谨慎，安静的像一只猫，但是他们的姐弟关系看起来非常亲密，比起院子里其他人家那些一母同胞的兄弟姐妹，看起来好一百倍，人们几乎没有看见过他们吵架。

　　张晓薇、张晓峰姐弟俩先后上完初中，都没有考上高中，就不上学了。他们家比起以前更热闹了。张晓峰养了一群鸽子，每天早上天不亮鸽子就在他家屋檐下叽叽咕咕把人们吵醒。大家吃完饭后，鸽子啄食着地下洒落的饭粒，然后齐刷刷落在他们家的屋脊上，有的一动不动像砖雕的兽头，有的交头接耳像亲密的朋友。傍晚天气凉爽的时候，鸽子在屋顶上起舞戏耍，使热闹的院子更加热闹。

　　赵小海这时的成绩在全镇的几所中学中遥遥领先，大家觉得他是个上大学的料。他上下学的时候经常碰上从张晓薇家进出的各色男孩子们，他想起几年前写在墙壁上的那几行字，觉得有趣而好笑。张晓薇已经长成个大姑娘，胸脯鼓鼓的，白皙的脖子上有一颗鲜红的朱砂痣。赵小海遇到张晓薇的时候，目光经常从朱砂痣那儿顺着血管往下滑，这时张晓薇身上的香味就淡淡地扑进了赵小海的鼻子，他觉得张晓薇真是一个有味道的女人，镇上学校里的哪一个女生都比不上她。小海，张晓薇叫他。赵小海身子一抖，像个读书人一样羞涩地笑了。他想张晓薇长成这个样子，大概和她有一个在保定城里工作的爸爸分不开。赵小海想自己一定要考上大学，以后也到城里去工作。他望着屁股一扭一扭走远的张晓薇，想张晓薇要是好好学习就好了，谁娶上她都是一种福气。

李建军没有上完初中就辍学了，成了镇上一个有名的小混混。他经常领着一帮兄弟，站在村子东边那条小河的桥头上，冲走过来的年轻姑娘们吹口哨。外村来镇上的人落了单，他的兄弟们就会上去讨个烟火钱。他年纪不大，手指已经变成焦黄色，传说他敢用两根手指从炉子里往出夹烧红的炭。赵小海几次见他站在张晓薇家后墙边，用手指戳墙。据说把中指和无名指弄齐之后，从人口袋里往出夹钞票就会神不知鬼不觉。赵小海不知道他是不是练这种功夫，看见他每次把手指戳在墙上，都感觉好像戳在张晓薇身上。有一天，他忽然意识到，当年那行歪歪扭扭的"张晓薇，我×你！"就是李建军写的，只有他这样的流氓敢这么大胆地写这样的下流话。他想自己真是蠢，当年帮着李建军抄作业时就没有想到和墙上的那一行字对一下。现在那行字早已不见踪影，就是连写那几行字的砖头，也不能肯定是哪几块了。

李建军站在桥头上，手中经常握着一把甩刀，他不停地把刀子甩出来，甩回去，雪亮的刀刃在阳光下闪着明亮的光泽。他的头发长长的，风吹起他的长发，像河水中漂浮的水草。赵

小海听说李建军在练刀,他看见他这个样子,想起小时候自己
为了讨好他送给他的那把团剪,也是雪亮。

给盒烟钱? 李建军的一个小兄弟对一个外村的男孩说。

我没钱。男孩紧张地瞪大眼睛。

李建军的甩刀在阳光下闪了一下,男孩摔倒在地上,李建
军抓起男孩的一只脚,把鞋用劲甩进河水里。刀子握在他手
上,像一把没有张开的剪子。男孩哭着跑下河床,追水里慢慢
沉下去的鞋子。

围在张晓薇周围的那些男孩子没有一个上高中,他们一个
个勤勤恳恳地跟上父亲或师傅学理发、修自行车、蒸碗托、卖面
皮、做小买卖……地里的各种农活也已经慢慢学会。他们聚在
一起,就是一个小社会群体。他们在一起打打扑克,吹吹牛,设
想并不复杂的未来。张晓薇是他们理想中的媳妇,他们都心照
不宣希望自己能娶上她,各自像工蜂一样认真表现着。张晓薇
像个王。

李建军成了一个混世魔王,村里谁受了外村人的欺负,都
会第一个想到找李建军。李建军领上他的兄弟们,和周围村子
的小混混们不停地打架。他们拿着棍棒、铁锹、洋镐把子,打得
血肉横飞,打过架之后,坐下来喝酒,不久之后,周围村子的小
混混都和李建军成了弟兄,他们更多的人纠结在一起,坐上拖
拉机,骑上自行车,去更远的地方打架。李建军的地盘越来越
大,简直像个要一统江湖的武林盟主。

赵小海想起当年放了学,李建军和张晓薇走在一起亲热的

样子,觉得时间过得真快。

3

张晓薇那天大清早坐在院子里哇哇大哭,完全没有了往日的矜持与骄傲。她清秀的脸上挂满泪水和鼻涕,像糊了一张蜘蛛网。她的那些朋友们远远站在她家门口,谁都不敢过来。他们的眼神里有些痛苦,也有些掩盖不住的兴奋和希望。

她妈妈出来劝了她几句,被她愤怒地顶回去了。

张晓峰在门口露了一下脸,没出来就又缩回去了。

张晓薇一直哭,哭得院里的几个吃奶的婴儿都被吵醒了,也跟着哇哇大哭。女人们哄着自己的孩子,说,这孩子,被惯坏了,这么大了,还瞎哭。

快到中午的时候,她还在哭,声音不如早上大,带着些嘶哑,让人听起来更加揪心。她那些朋友们缩在门口,太阳不断升高,屋檐下的阴影一点一点退去,他们待在日光下,像一堆正在风化的木头。

这时李建军摇摇晃晃从后院里走过来,边走边说,谁在哭呢?他穿着一双天蓝色的塑料拖鞋,一副吊儿郎当的样子,像是刚起床,又像刚从外边回来。他看见张晓薇,径直走过去,在她面前站住,盯着她看。张晓薇忽然发觉前面的阳光被挡住了,哭泣的她停了大概有几秒钟,然后她挥舞着手喊,不要你们管。李建军看着披头散发的她,微微笑着,一动不动地盯着。张晓薇的哭声越来越小,奇迹般地止住了。

李建军蹲下去,轻轻地问,发生什么事了? 我帮你。

张晓薇忽然站起来,冲着家门大声吼道,他们骗了我。

门口的那群后生们朝屋里看,她妈妈和张晓峰都没有吭声。

李建军拍拍她的肩膀说,跟我走吧,别紧张。

张晓薇惨烈地笑了一下。躲在门后面的妈妈和弟弟看到张晓薇的笑,尽管大夏天,浑身都有些发冷。张晓薇跟在李建军后面,一前一后朝后院走去。刚走几步,张晓薇就拉住了李建军的一只胳膊,李建军顺势把另一只手搭在她肩膀上,张晓薇向李建军靠了靠,把头靠在李建军肩膀上,她真的哭累了。

他们两人以这种亲热的姿势走出众人的视线。那群敛了翅一直呆呆望着她哭泣的鸽子忽然叽叽咕咕大叫起来,然后它们一只接一只起飞,向着南边的天空,开始还能看到几点银白色的光闪烁,后来天空中只剩下太阳。

赵小海看到他们两人离开前院。几年前李建军和张晓薇走在一起的样子又出现在他的脑海,他觉得他们两人这几年根本没有分开过,他们一直在互相靠近。屋檐下的那些其他后生,鸽子飞走之后,他们一个个失魂落魄,一张张年轻的脸在正午的阳光下像蜡像一样一点一点融化。

很快,大院的人们都知道了事情的来龙去脉。

张晓薇的爸爸要退休了,他和张晓薇的妈妈商量好让张晓薇接班。他们打算不让张晓峰知道,一切悄悄地来,等生米做成熟饭张晓峰也没有办法了。没想到张晓峰知道了这个消息,他偷偷一个人拿着户口本跑到保定,找到爸爸不知道做了什么工作,爸爸答应让他接班。等他从保定回来的时候,他已经办了那边的手续,变成一个城里人了。而本来以为自己十拿九稳要成为城里人的张晓薇却永远也没有机会了。

人们知道了这个原因,替张晓薇惋惜,一个跳出农门的机会失去了。张晓峰这孩子,平时看着挺膈应,没想到关键时候这么利索。

赵小海知道了这个原因,惆怅了好长时间。他想张晓薇要是接了他父亲的班,成了城里人,他大学毕业后也要分到保定。他要光明正大地对张晓薇说,张晓薇,我爱你。我小的时候就爱你,我在你家后墙上写过"张晓薇,我爱你"。

张晓峰收拾东西,准备去保定上班,每天进出院子都低着头,看不出半分得意的样子。人们都说,这孩子真能装,领养个这么阴的孩子,以后怎样指望他呢?

张晓薇几乎整天不着家,经常半夜才回来,回来一句话不说,灯也不拉,摸着黑像甩一包麻袋一样把自己甩在炕上,有时衣服也不脱。妈妈问她干什么去了?她就顶嘴说,不用你们管。她一顶,妈妈觉得这是因为自己做了对不起张晓薇的事情,不再吭声。他们的那些朋友有时过来碰到张晓薇,张晓薇头一歪,好像没看见他们似的招呼也不打摔门出去,他们遇到几次这样的情况,也不来找他们玩了。张晓薇家里忽然冷清了。张晓薇的妈妈经常穿着一件灰色的对襟褂子,坐在门口对着天空发呆。赵小海每次看到她这个样子,就觉得她好像在往过去的日子里后退,他甚至能看到她一点点变老。

张晓峰接班,他爸爸回来。

他爸爸回来之时,头发已经全白了,确实像个该退休的老头了,可是他梳着背头,一种村里人从来不梳的发型,给人感觉很精神。他不怎么和院子里人们说话,总是侍弄院子里的一些花草。他养了石榴、吊兰、洋绣球、海棠等一大堆各种各样的花,这些花每一株都长得郁郁葱葱,该开花的时候开花,该结果的时候结果。院子里的人们不大注意他,仿佛他还在保定待着。有时他喂鸽子的时候,学着鸽子"咕咕"叫几声,人们才觉得这个一直待在城里的男人回来了。

过了几个月,张晓薇的肚子大了。李建军领着大肚子的张晓薇到了他们家,说,我要娶她。张晓薇的爸爸问,你能养活她吗?李建军神气地说,我让她比你们过得都好。张晓薇的爸爸问自己的女儿,你愿意吗?张晓薇鼻子一哼,把脸扭过去。

张晓薇和李建军的婚礼办得很简单,只是邀请了一些近亲、好友和院子里的邻居。张晓峰没有回来参加张晓薇的婚礼,而是上了三千元的礼钱。这是个很大的数目,大概他一年的工资不吃不喝才够。

4

结婚后张晓薇很快生了孩子。生过孩子之后,她变得丰满、白皙,好像发育真正成熟。李建军家的活儿基本什么也不用张晓薇干,她唯一的任务就是做李建军的老婆。张晓薇领着孩子,像一条生活在池塘中的大鱼领着小鱼,生活对她快乐而简单。孩子饿了,张晓薇找个地方坐下,不遮不掩地"哗啦"一下掀开衣服,乳房耀得太阳失去颜色。

李建军在社会上名头越来越大,很多事情他一句话就可以摆平。尽管他年纪轻轻,许多人称他李哥。人们都觉得认识李哥、做李哥的朋友很荣耀。私下里年轻人聊天,总喜欢说,我李哥……

成为李哥的公众人物李建军生活毫无规律,也没有办法规律。他经常昼伏夜出,几天几夜不回家是经常的事情。张晓薇对他的事情采取不闻不问,常常是领着孩子游荡时,听到街头巷尾传说这几天李建军干什么事情了,才知道他去了哪里,做了什么。但这些传说往往不靠谱,因为那些闲人们的消息也是从各种渠道听说而来,然后自己加工想象。所以有时张晓薇听到李建军在城南收拾一帮河南来的骗子时,同时在城北和一伙人赌博赢了一大笔钱,又在三岔路和东北人打架,像会分身法的孙悟空。她听到这些消息,会和那些讲故事的人一起一惊一乍,分享故事中人物跌宕起伏的生活,仿佛他们说的真是一个传说中的人物。他们说什么她都喜欢,因为李建军不管在外边做了什么,还是像一头老马,总是在该回家的时候回家,而且无论他多么英雄,回了家就像一个套上笼头的骡子,乖乖地听她的话。

张晓薇的爸爸妈妈和他们房前屋后住着,李建军的各种传说他们自然听到不少。这对长期两地分居的老人希望自己的女儿和她嫁的男人安安稳稳踏踏实实地过日子，可是他们又不好直接去说什么，张晓薇今天的生活，都是因为他们造成的。

张晓薇的爸爸常常想，明明已经和老婆商量好让张晓薇接班，怎么张晓峰一去他那儿，他就心软了？其实张晓峰也没有和他怎样哀求，他只是说我是你的儿子，我想做好这个儿子。在那一刹那，他感动了。多年来，他在张晓峰身边时间少，对他投入的爱也少，了解也少，他总是担心这个抱来的孩子长大之后会离开他们。这种担心，成了他独自在外多年来的一块心病。张晓峰说，想做好他的儿子。他就觉得应该给他这个机会。而且他想，自己把最珍贵的机会给了张晓峰，让他一下鲤鱼跳龙门，张晓峰没有理由不好好做他的儿子了。这件事情，他决定之后，没有和老婆商量，多年来他习惯了家里的大事都自己做主。老婆也没有问为什么，老婆一直生活在村里，嫁了他这个吃公家饭的，仿佛觉得自己低人一头，在家里很少发表意见，什么都听他的。但他感觉到老婆对这件事情不满意，她的不满意他能理解。女人总是心眼小，不管怎样她一定还是觉得自己生下的可靠，她希望自己亲身的女儿在城里工作，嫁个城里人，而且人们都说女儿是妈妈的贴身小棉袄，张晓薇又长得那么讨人喜欢。

他们多年两地分居，他退休回家之后，本来觉得两个人可以好好做伴安度晚年了，但从来不养小动物的老婆养了一只猫，她把自己的时间和精力都花在了这只猫身上。晚上，这只猫睡在她被子里，让他感觉他们之间的距离比他在保定时都远。有一天，他买菜回来，走到院子里时听到鸽子惊恐地尖叫，他抬起头来，看见她养的那只猫三只爪子抓着鸽子箱，一只爪子伸进鸽子窝抓鸽子，几只鸽子挤在屋顶上尖叫，空中散落着一些羽毛。她仰着头看着她的猫微笑。他觉得因为顶班的事，她不仅恨他，也恨儿子和他的鸽子。他开始养花，不管喜欢不喜欢，什么花他都养。

张晓薇领着孩子出现在前院时，爸爸和妈妈总是热情地招呼她的孩子，他们拿出家里的一切好东西给孩子，两个人像比赛似的争宠。爸爸给孩子一颗白兰瓜，妈妈会想办法拿出一颗哈密瓜；妈妈给孩子织一件纯毛毛衣，爸爸会给孩子买一双真皮皮鞋。他们两个争着让孩子喊他们姥姥、姥爷，叫谁的声音高一些，谁竟然会乐得半天合不上嘴。张晓薇看着孩子乐，她也高兴，但一想起爸爸让张晓峰接了班，心里总有一丝淡淡的怨恨，她打定主意自己只生这一个孩子，把自己全部的爱都给了他。

每次，爸爸或妈妈问，建军这几天干啥呢？张晓薇总是把话岔开。但是张晓薇慢慢地耳朵上有了金耳环，手上戴上金戒指，脖子挂上了金项链，这些金光闪闪的东西似乎证明了张晓薇和李建军的日子过得金光灿烂，而且张晓薇在村子里第一个骑上小木兰，第一个每天早上喝牛奶……他们的日子像早晨八九点钟的太阳，朝气蓬勃地向上升着。

但是李建军忽然出事了。李建军出事那天天气出奇地热。张晓薇搂着孩子睡在炕上，风扇呼呼吹着，身上还是一个劲儿出汗。孩子四脚摊开,嘴里流着哈喇子,身上湿漉漉的都是汗。张晓薇看见地上出现好多蚂蚁,还有一些蚂蚁络绎不绝地从门外进来,连成一条黑色的线。张晓薇不知道蚂蚁怎么会进屋,她想是不是要下雨了?但以前下雨前,也不见蚂蚁进屋里。她害怕蚂蚁窜上炕,钻进孩子耳朵里、嘴巴里、屁眼里,把孩子咬着。她跳下地,用扫帚使劲往出扫那些蚂蚁。李建军忽然闯进来了。张晓薇根本没有看见李建军出现在院子里,他就忽然进家了。李建军脸上带着惶恐,大声喘着气说,给我拿点钱和衣服,我打死人了,要跑。张晓薇不明白李建军说什么,炎热让她晕头转向。李建军开始自己收拾东西,他离开家时,望了一眼炕上的孩子,抱了抱张晓薇说,你走吧,别等我,孩子给我家里留下。李建军旋风一样离开了。张晓薇望着空荡荡的院子,怀疑自己做了个梦。四周静极了,那些蚂蚁"哗哗"吃着地上滴的奶滴,热气像一只铁桶,把张晓薇匝得密不透风。忽然,张晓薇"哇"一下哭开了。

张晓薇的爸爸热得睡不着,可是身子软得不想动,汗把身下的床单弄得湿湿的,他感觉自己好像躺在一条热气四溢的河里,快被煮熟了。在这么热的天气里,她居然睡得熟熟的,还打着小呼噜。她那只猫趴在她头边,也打着呼噜。他看着她们两个一唱一和,心里来气。他重重咳嗽一声,呼噜似乎中断一秒钟,接着声音更大了。他拿起苍蝇拍,用劲朝猫身上打去,没有等拍子落到猫身上,猫睁开眼睛跑了。她醒过来,看着握着苍蝇拍的他,翻个身,继续把眼合上。这时他们听到屋后传来排山倒海的哭声，她一下坐起来，侧耳听了一下，鞋也没有找到，只穿着一条二股筋背心冲出去。他望着冲出家门的她，替她拿了鞋和裤子，临出门时，那只猫跟过来，他狠狠一脚踢去，猫发出一声惨叫，窜进屋里柜子下。

很快，街上就沸腾了，许许多多的人涌向医院，他们听说有人被打死了。那具尸体已经躺进阴冷的太平房，但越来越多的人聚到医院门口，人们栩栩如生地讲着这个中午的故事。李建军帮别人作保，借了一笔钱，可是那个家伙不还，李建军讨钱的时候，一火枪打死了那个家伙。关于故事的细节，不断地被人纠正。那天中午，是近五十年来最热的一天。

5

李建军跑了之后，再没有回来。

过了很长一段时间，张晓薇还不相信发生的事情是真的。她每天睡觉时，留着门，希望半夜里李建军悄悄回来。每天早上她第一个起床，想在院子里发现李建军留下的一张纸条，或是回来过的蛛丝马迹。可是李建军像从世界上消失了一样，没有任何消息。

张晓薇等了一年又一年。

赵小海大学毕业之后，回到镇里教书，张晓薇还在等李建军。几年来，她卖过面皮和碗托，养过兔子和乌龟，种过菊花和红芸豆，还学过理发和裁缝，她的生活似乎和那些曾经喜欢过她、盼望娶她当媳妇的男孩子们越来越一样，可是那些男孩子干这些营生可以使小日子过得有声有色,她却不能挣钱过上富足的日子。辛苦的劳作使她已经丰满起来的身子变得消瘦,仿佛又回到了少女时代。当镇上越来越多的女人结婚时要金戒指、金耳环、金项链和木兰摩托时,张晓薇的这些东西都已经悄悄变卖,花在孩子的身上。

她的孩子已经长到她一半高,模样像极了李建军小时候的样子。有人有时问孩子,你爸爸呢?孩子回答,爸爸出远门了,我考上大学就能见到他了。孩子的眼神里满是对未来的期待。

人们经常听到张晓薇对孩子说,你要好好学习,长大考清华、北大。他们家简陋的屋子里,墙上贴着几张张晓薇和孩子在北大、清华的照片,有一张孩子穿着黑色的袍子,带着博士帽,肃穆地站在未名湖前的照片,醒目地与张晓薇与李建军的结婚照摆在一起。张晓薇每天用细布子仔细地擦拭这两张照片,经常望着它们一笑就是半天。

赵小海有时在学校里看到衣着朴素得有些寒酸的张晓薇领着孩子去找音乐老师学习钢琴,或者找美术老师学习画画时,不由想起张晓薇年轻时洋气、富贵的样子,心里对她产生一种不可抑制的敬意,遗憾自己学的是中文,除多读了几本书其他一窍不通。他想要是这时娶上张晓薇,不仅有了一个自己喜欢的妻子,还有了一个聪明伶俐半大不小的儿子。他觉得张晓薇这时候真需要人疼爱、呵护。

赵小海在镇上当老师,并不满意。学校里的许多老师是他少年时代的老师,他们在他这个年龄,或者更年轻的时候就当了老师。有些是多年的民办教师，随着国家政策转了正。他们的一生就要这样过去了。他们无一例外地都婆婆妈妈、斤斤计较，活像《大话西游》里的唐僧。镇教育办公室的那些领导，隔三岔五来到学校，逗逗年轻女老师，在办公室打上半天牌，中午海吃一顿，赵小海对他们充满了鄙夷。县教育局的也经常来，不是卖学习资料，就是给学生照毕业像，都给自己捞好处。但就是这样的人，老师们一个个尽力巴结，让赵小海对自己的同类非常看不起。而且老师们评职称要送礼，带好班要送礼，带毕业班要送礼……老师们为了工作每一步都要付出代价，让赵小海对整个教育界失望透顶。他觉得别的系统都是一致对外打天下，教育界的万岁们却像一只只牛虻子，对外没本事，只盯着那些自己"进化"的没有一点性子的臣民们。他常常听着学生们朗朗的读书声，心里走神，恐惧。他恐惧自己过上十年、二十年、三十年，也变成周围那些同事的样子。

赵小海去青岛看大海的时候，是国庆节，他觉得待在小镇上太闷了，自己多待一天进化成他们那样子的时间就早一天。

没想到了青岛下车排队买回程票的时候，他遇到了领着孩子的张晓薇。她排的那条队紧挨着他排的这条队，她瘦瘦的脸庞上眼角已经有了皱纹，她牵着孩子的手粗糙、红肿，和农村妇女的手一模一样。赵小海想起张晓薇小时候拿着大白兔奶糖，满身香味，那么多男孩子围着她，愿意为她做任何事情。不由感慨世事难料，有的人生活多少年一成不变，乏味的让人呕吐，有的人生活却说变就变，朝不知夕。他想要是李建军不出事，张晓薇来青岛一定是坐飞机,而且满身珠光宝气。

他喊,晓薇。

张晓薇看见他,眼睛亮了一下,喊,赵老师。

那一刹那,赵小海觉得时间和地位真是可以改变一切,多少年来比他大几岁的张晓薇总是叫他小海,现在却叫他赵老师。赵小海觉得他和张晓薇之间真的有鸿沟。他轻轻叹口气说,我是小海,你也来青岛? 说到小海时,他语气重重强调了一下。

张晓薇说看看大海。

他们不再说话,赵小海先到了窗口,他本来想给张晓薇和孩子把票一起买下,回程的时候坐一起。但不知道为什么,犹豫了一下。售票员喊,去哪儿? 他不由自主只买了一张自己的票。赵小海买好票,退出队伍,等了张晓薇几分钟。张晓薇买好票,拉着孩子站在赵小海身边。赵小海忽然想到他们虽然住在一个大院子,可是快二十年没有离这么近了。

赵小海问,有住处吗?

没有,我们随便在海边找个小旅馆住几晚就可以,我们主要是想看看大海。

张晓薇接着问,你要住宾馆吧?

赵小海说,咱们住一起吧,可以互相照应。

张晓薇的脸微微红了一下。

赵小海也感觉到自己说的话有问题。他赶忙说,咱们就在海边找个小旅馆。

他们沿着滨海路找到一家叫"长江旅店"的小旅馆。老板看了他们的身份证,问,一个标间?

赵小海说,两间。

张晓薇说,两间单间。

老板疑惑地望了他们一眼,把102和103的房间钥匙给了他们俩。

赵小海拿着两把钥匙,把两间房子都打开,房子有些小,收拾得倒干净,一走进去有股潮乎乎的味道,和赵小海想象的大海的气息非常相似。一台小台式电视,一张床,没有卫生间。赵小海望了一眼那张窄窄的床,说,你们收拾一下,一会儿咱们一起出去吧。

赵小海回了自己的那间屋子,把简单的行李放下,暖壶里有开水,他取出自己带的杯子,冲了一杯茶,打开电视,换了几个台,屏幕上都是雪花,什么也看不到。赵小海换了一件衣服,开了门,等张晓薇母子俩。

张晓薇出来的时候好像化过妆,但不像赵小海学校的老师出门那样认真收拾自己。她洗脸湿了的一缕头发贴在脸颊上,使那块皮肤显得出奇的白。

赵小海问,去哪儿?

我想让孩子看看大海,游泳去吧,张晓薇回答。

他们各自带了泳衣,一起去海滨浴场。

十月的青岛,海水有些微凉,但浴场里仍然有许多游泳的人。赵小海先下了水,张晓薇和孩子跟着一前一后下了水。孩子一下就兴奋起来,鸭子一样向前冲去,张晓薇大声喊着他,跟上去。赵小海看见穿着浴衣的张晓薇身子不胖不瘦,像一株挺拔的白杨树,她哺育过孩子的乳房有些肥大,像白杨树上挂了两个钟,使她的身体一下嘹亮起来。赵小海想起学校那棵老槐树上的古钟,不知道挂了多少年,每一次钟声响起,方圆几里的人都能听到。他的目光随着波光粼粼的海面在张晓薇身上闪烁。

从海里上来的时候,张晓薇身上挂着一层盐,让赵小海想到糊着面霜将要下锅煎的鱼。他不知道李建军杀人后跑了这几年张晓薇是怎样过来的。这个问题困扰着他,使他变得忧心忡忡。

忽然,他拉住孩子的手说,咱们在沙滩上写字吧。叔叔想看看你会写多少字?孩子高兴地拍手,拿起一根小木棍,写下爸爸、妈妈几个歪歪扭扭的字。赵小海问,会写妈妈的名字吗?不等孩子回答,他写下"张晓薇"三个大字。张晓薇看着那三个大字,脸红了一下,拉着孩子的胳膊说,走吧,回吧。赵小海跟在她们后面,一脚把"爸爸"两个字踩碎。

晚上睡觉的时候,赵小海躺在床上,眼前不停地晃过张晓薇。海水腥湿的味道他已经闻不见,远处海浪拍打海岸的声音赵小海也听不见,青岛离他遥远了起来。他又打开电视,还是一片雪花,他没有去找服务员,任由雪花"唰唰"响着,一股倦意袭来,可是他脑子里乱得厉害,睡不着。他穿好衣服,走向夜色中的青岛。他不知道青岛哪个地方热闹,青岛也没有他的熟人。他乱走了半天,感觉越来越孤单。回了旅馆,他竟然怔怔走到张晓薇门前,那个写着102的房间的门在走廊昏暗的灯光下像潜藏着暗流的漩涡。他举起右手,想起多年前在张晓薇家墙壁上写下"张晓薇,我爱你"时发生的事情,他重重叹了一口气,返回103。电视里还是一片雪花,他"啪"一下把电视关上,黑暗包围了他。

赵小海想张晓薇现在干什么呢?她是不是也睡不着,想李建军,或者想他。他用拳头轻轻敲了一下墙壁,没有回应,也没有声音。

赵小海想自己从小就喜欢张晓薇,其实根本就不了解她,他渴望了解张晓薇,走近张晓薇,此时青岛和大海变得对他无关紧要,他只关心张晓薇。

赵小海希望在青岛的每天每时每刻都和张晓薇在一起,他希望别人看见他们的时候,一看他们是一家三口在海滨度假。可是张晓薇有意回避着赵小海,她喜欢独自带着儿子出去玩。尤其每天吃饭的时候,她总是找种种借口避开赵小海。赵小海知道张晓薇害怕他给她们花钱,也不想让他看到她们简陋的伙食。他不能和她们在一起,反而更想亲近她。

赵小海在"海底世界"遇到张晓薇的时候,发现她一个人站在出口等着孩子。

赵小海问,你为什么不进去?

张晓薇回答,我大人了,感觉没啥意思,让孩子看看长长见识。

　　一阵酸楚从赵小海心头涌起，他想起小时候家里生活困难，妈妈做什么好饭总是做一份，给他吃，她和爸爸不吃。过春节买衣服，也是只给他买一件，说不能让别人小瞧自己家的小孩。

　　他买了两张票，递到张晓薇面前说，咱们一起进去吧。

　　张晓薇一下脸红了，变了嗓子尖声说，我不去，我不去。

　　赵小海感觉到自己冒犯张晓薇的尊严了，他憋红着脸，把给张晓薇买的那张票叠好，装口袋里。他一个人正要进门的时候，张晓薇追上他，说对不起，你既然已经买了，我们一起进去吧。

　　赵小海舒了一口气，高兴地把两张票拿在一起，张晓薇那张折过，放在他的下面，他想回去之后把这张票压好，压得平平展展的没有一丝折过的痕迹。他想起小时候张晓薇给他的那颗大白兔奶糖的糖纸，他不知道它现在搁哪里了，还是已经丢弃了？

　　一起进去之后，张晓薇马上离开了赵小海，她的目光根本不在那些千奇百怪的海洋动物身上，她在密密麻麻的人群中搜寻自己的孩子，很快张晓薇走出了赵小海的视线。赵小海看着展览馆中陌生的人群和关在巨大器皿中的海洋动物，觉得自己也像被关在了一个巨大的笼子中，周围许多的人围在外面看热闹，他失去了看这些东西的兴趣。

　　那天，赵小海在海底世界没有再看到张晓薇。他吃了晚饭，准备休息一会儿去五四广场。张晓薇敲了敲他的门进来了，她给他带了一把飞利浦剃须刀。赵小海不想要这把剃须刀，可是他不能不要，一不要又伤了张晓薇的自尊心了。他接过剃须刀的那一刻，感觉今天犯了一个很大的错误。

接下来的几天，他有意避开张晓薇，张晓薇也有意避开他。他们偶尔在旅馆门口或院内碰上，只是互相点点头，问一声对方今天去哪儿玩了。回的前一天半夜，赵小海上完厕所时在走廊里碰见张晓薇，张晓薇穿着一条白色的睡裙，头发乱糟糟的，看见他，红了脸低下头。赵小海也红了脸低下头。他们两人擦肩而过。赵小海悄悄瞥了一眼走廊里的张晓薇，没有风，她的睡裙飘了起来，她像一条摆动的鱼，没有回头，直接消失在卫生间。

回的那天，他们两人退了房，一起离开旅馆，坐公交到了车站，一起等车。回程的车票俩人买的不是同一个车厢。火车来的那一刻，互相问了好，各自朝自己的车厢走去。登上火车的时候，赵小海想他们坐的是同一列火车，可是坐的好像不是火车，而是像坐在平行的两条道轨上。

6

国庆节过后，老师们上班待在办公室谈论怎样过的假期。好多老师也出去旅游了，他们去绵山、五台山、晋祠、乔家大院……都是近处的地方，没有一个人走那么远的地方去看海。赵小海想自己看海去了，张晓薇领着孩子也看海去了，他一下又觉得自己和张晓薇心灵上有共同之处。

办公室一个大眼睛女老师忽然问,赵小海,你去哪儿玩去了? 不知道什么原因,赵小海撒谎说,我哪儿也没去,和家里一起掰玉米了。大眼睛女老师的眼睛居然有两点亮光溢出。赵小海说,一个人去哪里也没意思。女老师笑了。

学校的生活不咸不淡地过着,每天就是上课、抄教案、批改作业。下午的阳光斜斜照在办公室黄色油漆刷过的木头桌椅上,使整个办公室显出一副落后时代的色彩,这些从建校初就置办的办公用品一动吱吱扭扭响,整个下午便恍惚起来。赵小海望着这些桌椅,望着那些衣服上总是粘着粉笔灰,年轻或不年轻的老师,感觉时光好像在这里拐了个弯,一下就缩回过去了。那个大眼睛女老师的眼睛有时会从这死水一样的生活上冒出来,泛个泡,但马上又沉下去,这种生活,就是这个样子。

赵小海没想到张晓薇会卖猪肉。第一次看见她站在大院对面马路边电线杆旁一个新的猪肉摊点前,他以为她在买肉。她拿着油光发亮的刀子,熟练地给顾客割下一块五花肉时,赵小海觉得生活真是不可思议。他怎么也不会把卖猪肉的人和张晓薇联系到一起。他印象中的卖猪肉的人都是满脸胡子,一身肥肉,身上永远散发着猪肉的腥臊味儿。

张晓薇看见赵小海,客气地喊了一声,赵老师。

赵小海生气地说,不要叫我赵老师,叫我小海。

说完之后,他有些后悔,奇怪自己对赵老师这个称呼的过分敏感。

他慢腾腾朝张晓薇走过去,张晓薇站在挂起来的猪肉前,浑身油光发亮,好像过去的好日子又回来了。

赵小海问,什么时候开始卖肉的?

今天是第二天,张晓薇甜甜地笑着回答。

赵小海心中有些苦涩。他想假如李建军在,一定不会让张晓薇去卖肉,假如张晓薇嫁给他,他也不会让张晓薇去卖肉。

他说,给我割一块肉吧。

要哪块?

赵小海的目光在猪肉上飞快地扫了一下,说来块猪头肉吧。

张晓薇麻利地割着肉,称好之后,说其实猪身上的肉猪头肉最好吃。

赵小海想自己和张晓薇毕竟有心有灵犀之处。接肉时手背和张晓薇的手背碰了一下,他感觉那块地方滑腻腻的。赵小海提着肉,阳光照在他手背上,那块地方亮晶晶的像有只小虫子在爬。

赵小海迷上了吃猪头肉,隔三岔五总要去张晓薇那儿买一块猪头肉。他没有想到张晓薇干这种活儿能让他有这么多机会正大光明接近她。

张晓薇和人说话,自然大方,没有讨好谁的意思。院子里的人去买肉,她总是在称好之后,再添一小块上去,人们都说这孩子厚道。那些税务啊、工商啊,过来买肉,张晓薇也是称好之后,再添一小块上去,然后飞快地报出价钱。张晓薇卖肉,不像粮站门口的那家,总是要一斤割二斤,知道割下来人们也不好意思退去,刀法从来没个准。她顾客要多少,老老实实割多少,至多差一二两。她的熟肉也煮得烂,味道醇,老人小孩都喜欢吃。镇上的人们很快喜欢到张晓薇这儿买肉。她的生意一天比一天好。有时赵小海看着张晓薇卖肉,觉得她潇洒从容,又有尊严,比他当老师有意思。他觉得自己当初鄙视张晓薇卖肉真是浅薄。

赵小海闲暇时候,经常坐在院子门口,看张晓薇卖肉。他发现张晓薇提着刀子英姿飒爽,像一位古代将要出征的将军,和他周围那些灰扑扑的人一点也不一样。赵小海每次看见张晓薇笑嘻嘻地割着猪肉,就觉得她在用锋利的刀子主宰生活,分解生活。没有客人时,张晓薇也过了马路和院子门口的人聊几句。她一走近来,猪肉的味道就先飘过来。赵小海发现自己喜欢闻这种味道,这种味道比那些女人用的油啊粉啊的味道闻起来都好。

有一天,赵小海买好一块肉后,没有马上离去,在旁边看着张晓薇给别人割肉、秤肉。

张晓薇回过头来,看见赵小海还在,说,小海,你还在?

一句小海,仿佛提醒了赵小海。他有些恍惚地说,晓薇,我想和你卖肉。

张晓薇呸了他一下,说,你是大学生,是人民教师,我哪敢让你跟我卖肉?

赵小海说,我觉得和你卖肉比教书有意思。晓薇,我喜欢你。

说完这句话，赵小海觉得浑身都轻松了。

张晓薇愣了一下，眼眶里有了泪水。

赵小海慌了。

张晓薇抹了一下眼睛，笑着说，李建军这个死东西，也不知道这么多年死哪里去了？可是我还得活着，还得和孩子一天一天过日子，是不是？生活就是过日子，过着就习惯了。张晓薇切下一块猪肝，扔进嘴里肆无忌惮地嚼起来，嚼着嚼着噎住了，大声咳嗽，咳出了泪花。

张晓薇的爸爸妈妈已经老了，俩人出门时拄着拐杖还是摇摇摆摆。张晓薇卖肉的柜子里总是放着一包东西，两个老人出来时，她和他们说几句话，把小包递给他们。两个老人拿着小包再摇摇摆摆回去。赵小海想，人可能都是在摇摇摆摆中慢慢长大，再在摇摇摆摆中忽然倒下，不再起来。

赵小海单位的一位教师忽然得了肝癌死了。这位教师平时不抽烟、不喝酒，不知道怎么就得了肝癌。查出肝癌以前，他经常在办公室捂着前胸说肚子疼，老师们都以为是胃病，他自己也以为是胃病。舍不得花钱去检查，买了一大堆胃药，镇上的一个医生也说他是胃溃疡。有人说胃不好多吃些大豆和馍馍片。但是他的肚子越疼越厉害，等他实在忍不住了，做了胃镜发现胃没有问题，进一步检查时，癌已经在肝部扩散。他去了省城医院做手术，回来的时候人又瘦又黄，头发化疗全部掉光。家里人隐瞒他的病情，他自己也不相信他得了不治之症。

赵小海去他家里看他的时候，他缩着身子躺在床上，又瘦又干，全身只剩下一张皮包着些骨头，像一块随时被风吹走的树叶。他说，我完全看开了，身体最重要，等我好了之后，我要……

赵小海从他家里回来之后，觉得自己不能再等下去了，等自己哪一天也成了这位老师这个样子时，后悔什么也迟了。他也不能再去习惯学校这样的生活了，习惯了自己一辈子也完了。他准备考研究生，永远离开这个地方。

他开始埋头苦学。英语多年不用已经忘得差不多了，赵小海一拿起英语书，就想起张晓薇拿起刀子熟练地切割猪肉的样子。他想从小娇滴滴的张晓薇能学会杀猪，他就能考上研究生。为了保证时间，赵小海把家搬到学校单身宿舍。每天早上学校一打上早自习的铃，他就和学生一起起床。白天除了上课、批改作业这些必须做的事情，其他事情他一概不做。整个镇上的老师都知道赵小海要考研究生。赵小海觉得自己好像一个叫《一桩事先张扬的凶杀案》的小说中的主角，他把自己逼到绝路上，不再回来。

无数个夜晚，赵小海捧着英语书，猪头肉和馒头是他必备的东西。他嚼着猪头肉，背着英语单词，觉得自己和张晓薇在慢慢靠近，但是他知道他永远不可能和张晓薇在一起生活了。随着每一次自测成绩的提高，赵小海觉得自己离张晓薇越来越远。他困了的时候，眼前就会出现张晓薇深夜在磨石上"哧啦哧啦"一下一下磨刀子，张晓薇在寒风里使劲地用刀子划开肉和骨头，张晓薇满头大汗把刀子捅进猪的体内掏出血淋淋的肠子肚子等一大堆东西,张晓薇的刀子越来越快,张晓薇……

快过元旦的时候,大眼睛女孩给他发了一张请帖,她要结婚了。她的新郎是镇上分管教育的副镇长的儿子。赵小海拿着这张请帖,看见大眼睛女老师的眼睛从请贴上浮了出来,眼角流溢着幸福的光彩。婚礼就在学校的几间大教室举办。赵小海没有参加她的婚礼。在婚礼上震耳欲聋的鞭炮声和一拜天地、二拜高堂的呐喊声中,赵小海躲在宿舍里做英语练习题。

赵小海去省城参加考试出发的前一天晚上,他站在张晓薇卖肉的柜子前,用左手在柜子上写下歪歪扭扭的六个字:"张晓薇,我爱你。"他希望张晓薇看到这六个字,猜出是他写的,知道他喜欢了她好多年。

考完试,马上要过年,整整下了一天一夜大雪。赵小海赶到汽车站,所有的汽车都停运了。赵小海挤上火车,坐在一群群回家的民工中间,他闻到了类似张晓薇身上那种浓郁的生活的气息。路上走得很辛苦,每一个小站上都不停地上人,过道里、厕所里的人挤得密密麻麻。挤在这满满当当的人中间,赵小海觉得自己以前的空虚是多么苍白,他盼望早早地赶回家去,拿上铁锹、扫帚,把这年前的雪清理出去。

中午的时候,才到了赵小海他们镇的那个小站,他几乎是被从车上挤下来的。火车停了一分钟,又"哼哧哼哧"开动,火车消失在白茫茫的原野,赵小海朝村中走去。整个村子都是白的,像一个刚出生的婴儿。

在院子门口,赵小海惊奇地遇上了张晓峰。他好像一条待在地下冬眠刚出来的虫子,脸色苍白,身上满是一种异乡人的味道。

很快,赵小海知道张晓峰下岗了。他在保定虽然工作了几年,但是人生地不熟,下岗后做了几件事情都不顺利,趁春节回来看看这边有没有好项目。

大雪没有影响了人们对年的兴致,每天大街上都挤满了人,割肉、买糖、买菜、买炮、买衣服、请神……人们要把一正月的生活提前安排好,踏踏实实过一个年。

张晓薇的生意好得不得了,她戴着一双五指没有指头的手套,手上的刀子闪着寒光,一直不停地忙活。她的脸被风吹得红扑扑的,赵小海想起学校办公室里同事们那些沾着粉笔末灰白的脸,他对着答案估分。他想张晓薇哪里是个随随便便过日子的女人,她心里有股劲儿,她一直在寻找着自己的幸福,只是在另一条路上寻找。

张晓峰站在张晓薇旁边帮忙,这个毁了张晓薇前半生幸福的人,转了一圈又回来了,总是笨手笨脚,干什么都慢半拍,卖肉还怕弄油手。他那半吊子异乡人的腔调,一听就让人觉得隔,不舒服。

刺青蝴蝶

那年暑假几乎每天下雨。雨钻透了我家的屋顶，掉在摆放着的那些盆盆罐罐里，发出沉闷的声音，让人心里更加焦虑。屋角的毡子上长起了黑色的蘑菇，拔掉之后，第二天又长出来。爸爸不停地鼓捣一只收音机，听天气预报。妈妈在纳鞋底。雨声像收音机里"沙沙"的噪音，也像"哧啦、哧啦"抽麻绳的声音，我听见什么声音都是雨的声音。在这漫长的大雨中，爸爸收音机上那雪亮的天线渐渐有了褐色的霉斑，后来竟长满铁锈，一块一块掉下来，我们听不到天气预报，更加增添了恐慌。妈妈纳好的鞋底一只一只叠放在那里，像一艘艘将要起航的船。

一场大风过后，太阳终于出来，天似乎从来没有这样晴朗过，那种湛蓝让人觉得自己渺小得像一粒沙子。我和爸爸赶紧泥屋顶上的缝隙。段雯丽仿佛雨后生长出来的一截白嫩的竹笋，拖着一个大大的行李箱，亭亭玉立地站在大院门口。她细长的影子和行李箱交叠在一起，好像是一件寄来的行李。

我呆呆看着她走进隔壁柴奶奶的屋子。柴奶奶那狭小黑暗的屋子刹那间一下被照亮了，她家黝黑的墙壁上挂钟的时针和分针成一个直角，正指向下午三点。

那段时间人们都忙，忙着补屋顶，清理院子里的淤泥，侍弄地里的庄稼。段雯丽像一只白色的蝴蝶，好奇地扑到这儿，扑到那儿，有时还插一下手。大多时候她都是帮倒忙，站在一边还碍手碍脚。可是谁都不讨厌这个城里来的姑娘，大家觉得一个城里的姑娘，能放下架子，帮邻居们干活，很了不起。

我们院子里的一帮男孩，喜欢和段雯丽一起干活。只要她在，无论干什么，大家都喜欢。她卷起舌头软软地讲城市里的故事，让我们听得入迷。她喜欢微笑，一笑阳光在她脸上一闪一闪地跳跃，像无数调皮而美丽的小鱼在她脸上游动。段雯丽无论干什么，玩什么，干干净净，她的衣服总像刚穿上身的一样，一尘不染。我们院子里的几个家长教训自己的孩子时，总是说，看人家段雯丽，那么干净！

暑假开学的时候，段雯丽没有走，进了我们学校上初二，和我一个班。大家都很吃惊，都是我们这儿的学生往城里面转学，怎么一个城市里的漂亮女孩子会转到小镇读书呢？

我们那个学校很破旧，教室占了一座三进院的废弃寺庙。房子又大又高，房顶隐隐约约能看见褪了色的壁画。一人抱不住的粗大松木柱子往出渗淡黄色的松香，我们把它刮下来，加根捻子，晚上停电上自习时当灯用。每到傍晚，成群结队的蝙蝠绕着高大的建筑飞舞，偶尔会有一只羽毛未丰的小蝙蝠掉下来，被我们捉住，当宠物玩。学校迎街的围墙拆了，盖了一排小平房，一些老师不愿意上课，租了房子开小饭店、弹子房、游戏厅、录像厅、台球厅。一些学生和社会青年混迹在这个地方，不时有打架斗殴的事情发生。那些手头紧张的社会青年经常溜进学校，猛不防掏出一把刀子对准一个学生，说，借点钱用用。家长们反映了很多回，可是学校周围还是乌烟瘴气。我们挺大的一个镇子，有时二三百个初三毕业生竟没有一个能考上高中。许多学生进了县城里读书，或者去了我们镇子下边那些村办中学，它们因为偏僻，反而有升学率。

段雯丽来到我们学校，马上成了社会新闻。那几天，社会上的青年到我们学校转悠得特别多。一些本来打算转学的学生，看到段雯丽来到我们学校上学，打消了自己转学的念头。

开学没几天，校长让段雯丽做了领操员。每天早上，天色微亮，镇子里大多数人还在睡觉。段雯丽穿着一身白色的运动服，挺拔地站在学校操场里，一声哨响带领全校的学生跑出学校，高声喊着"一、二、三、四"，跑进渐渐亮起来的早晨。一些原来不爱跑步锻炼身体的男生，在段雯丽的带领下，也跑了起来。我们跑过镇子的街道，跑过水流潺潺的东河，跑到108国道上，一直向东。好多学生跑着跑着跑不动了，气喘吁吁地在后面跟着。剩下的一些跟着段雯丽一直跑，跑着跑着把衣服扣子解开，把外套脱下来，大家累得每颗心怦怦乱跳，还是跟着跑。段雯丽头上冒出白色的热气，一直跑在最前面，没有一个人怀疑她为什么这样能跑，大家觉得城市里回来的女孩子总是不一样。

那个时候,我们谁也不知道为什么校长让段雯丽领着我们跑那么长时间步。可是我们许多人都期待每个早上跟着段雯丽跑得气喘吁吁,心怦怦乱跳。

我们一直跑到村西的西茂河水库,往回返的时候,那些落下的同学跟了上来,快进镇子的时候,又成了一支庄严、整齐的队伍。镇上的居民揉着睡眼惺忪的眼睛开始一天生活的时候,许多人看见的就是我们这支整齐的队伍。

有一天,一位一直紧紧跟着段雯丽跑步的同学不小心把眼镜掉到地上,他蹲下来摸眼镜的时候,看见段雯丽的腿在跑,身子好像不见了。他大声喊了一句:"段雯丽的腿……"他喊出之后,大家一下觉得这句话非常有趣。"段雯丽的腿"马上成了我们的口头禅。

每天早上段雯丽带领大家跑步的时候,几乎所有的男生目光一致往段雯丽的腿上看。其实除了白色的运动裤并看不到更多的东西,但是眼光一到这儿,意味好像变了。每个男孩子说这句话的时候,感觉到自己很像一个成年人了,有时觉得自己像镇上那些牛逼的小混混。"段雯丽的腿"成了一句流行的话,慢慢传到别的学校。一次,几个邻村学校的学生到镇上买东西,一个家伙说了一句"段雯丽的大腿",被我们学校的几个家伙听到了,狠狠地教训了他们一顿。段雯丽的腿只能是我们的段雯丽的腿。

开学不久之后,各种测验轮番轰炸我们。美丽的段雯丽似乎除了长跑特长之外,学习一塌糊涂,每次她的卷子上都是鲜红刺眼的×号。我们似乎慢慢明白了她为什么要从大城市转学到我们这个学校。可是段雯丽对如此糟糕的成绩似乎并不怎么在乎,她找了个借口,对她姥姥说要住到学校加班补课,便从一个跑校生变成寄宿生了。从此,我们大院里少了她漂亮的身影。

段雯丽住到学校之后,我们学校要求住校的男生一下子多了起来,大家的理由都是为了加班学习。每天下了晚自习后,我们初二班教室里蜡烛和煤油灯、松油灯明晃晃的,大家都在学习。段雯丽的座位周围总是围着一圈明晃晃的光,在袅袅的烟雾中,她像坐在莲花瓣中的观世音菩萨。

可是段雯丽的成绩并没有提高,接下来的测验中,还是一塌糊涂,而且坐在她周围的男生也一个个神神道道的,没有几个成绩好的。

原来段雯丽坐在那儿不是学习,她在画画,用她的话说,她在素描。她在摇摇晃晃的烛光下,画坐在她前面的男生。段雯丽的素描我看过,不是特别好,但是确实有几分像。在我们乡下的中学里,谁见过拿起笔来就能把人画得像的人呢? 就连画墙围和屏风的"郑老三"也只能画些山山水水和戴帽子没脸的古代人,真人根本画不像。

男生们为了让段雯丽画他们,争着坐她前面的位置。一下晚自习,大家就抢位置。抢上位置的男生洋洋得意,没有抢上的充满沮丧,坐在旁边和身后等机会。但是抢上位置的男生段雯丽也不一定画,她每天晚上只画一个人,有的人她不感兴趣也不画。为了让段雯丽画自己,我们班的男生一下子爱打扮起来。他们每天用香皂把头发洗得干干净净,把自己不多的几件衣服不停地换来换去,脚下的上海白边鞋和回力运动鞋总是洗得雪白,洗完怕鞋边发黄,还用卫生纸包好。他们一心想在段雯丽面前表现自己,谁要是能得到段雯丽画的素描,心里不知道美多少天。

后来学校查夜的老师看见我们班下晚自习后灯总是不灭,上来查看。发现学生们都安安静静坐着学习。老师们不明白我们班的学生为什么一下子对学习变得这么感兴趣。可是多看几次之后,他们看出了一些问题。发现最晚留在教室里的,除了段雯丽,剩下的都是男生,而且这些男生那么大教室哪儿都不坐,围着圆圈坐在段雯丽周围,像一个完整的蒜瓣。

一天教我们政治的白老师值班时,终于忍不住好奇,悄悄走到那个蒜瓣前,发现中间的段雯丽正在画画,她画得专心致志,根本没有发现老师过来。白老师拿起她画的画,画的正是她前面的一位男生,还没有画完,可是一下子能让人看出画的是谁。白老师没有发作,他亲切地朝段雯丽笑了一下,把画放回到她桌子上,临走时还拍了一下她的肩膀。

白老师走后,同学们一下沸腾起来,大家纷纷议论学校会不会处理这件事情。段雯丽这时表现出惊人的镇静,她继续一笔一画画剩下的部分。这时,前边的那个男生忍不住了,说:"要不咱们回宿舍吧?"段雯丽一把揪起正在画的画,伸到蜡烛跟前点着了。那个男生尖叫着:"不要烧了,我要!"段雯丽用漆黑的眼神制止住他伸出抢画的手,微笑着看着手中的画变成灰烬。当段雯丽把手中将要燃烧完的纸扔到地上的时候,教室里静极了,谁都不说话。那张画很快烧完,教室里仿佛一下暗了。

忽然坐在她后面的一个男生说:"雯丽,请你给我画一张吧,画完我让我妈装在相框里。"

大家都把目光投向段雯丽身后的黑影子上,心里叫:"'段雯丽的腿',原来是刘满意!"

刘满意是我们班个子最矮的一位男同学,平时说起话来不停地眨眼睛,而且总是结结巴巴。

段雯丽说:"好,坐到我前面。"

刘满意扔下手中的书,端端正正坐到段雯丽面前,头仰着,紧紧抿着嘴,身体笔直,像一位正要就义的士兵。

大家心里都在后悔自己怎么就没有这样主动表达出来。

段雯丽扑哧笑了,"不要这样严肃,放松些,自然些。"

刘满意稍微低了一下头,还是紧绷绷的样子。

周围的同学一下笑了。但段雯丽不笑,她拿起笔来,开始画刘满意。

不知道谁开始,把自己前面的灯拿过去。接下来,大家都把自己前面的灯拿过去,一起栽在扣过的罐头瓶子上。刘满意周围明晃晃的,平时那瘦小的身子好像高大了起来。

第二天跑步的时候,段雯丽还像以前那样穿着雪白的运动服,精神抖擞。让人吃惊的是刘满意,他今天好像有使不完的劲,一直跑在最前面,那两条短粗的腿像土拨鼠的腿,飞快地动。

学校没有调查晚上画画的事件,但是过了不久,通知晚自习一小时之内离开教室。我们在庆幸之余,觉得是白老师告发了我们。我们对这位刚毕业不久的老师本来就不大服气,这下更是瞧不起他,故意和他捣乱。

他上课提问的时候,我们全班没有一个同学回答问题,还故意在下边小声说话、传纸条、睡觉。一次教育局来听他的课。他提问了一个上节课刚讲过的非常简单的问题。我们都不回答。他焦虑而又失望、伤心地看着我们。我们既解气,又有些担心,但没有一个人回答。后来他的目光转到段雯丽前停下,喊:"段雯丽,你来回答。"段雯丽站起来,不假思索地回答:"不会。"我们哗一下笑了,心里喊:"段雯丽的腿!"白老师的脸涨得通红。我们明显感觉到坐在教室后排的听课老师们不满意,他们低声议论着,喷着嘴。我们觉得自己可能做下错事了。

这节课之后,白老师病了几天。我们觉得对不起白老师,其实白老师平时对我们还是很好的。

这段时间,刘满意总是跟在段雯丽周围。自从段雯丽给刘满意画了那张正面素描之后,刘满意变了个人,总是昂首挺胸,说话声音也变粗了,浑身上下放光,像一株被抑制了多年的树苗,忽然焕发了生机和活力。我们觉得刘满意喜欢上了段雯丽,可是哪个男生不喜欢段雯丽呀?但没有一个人像刘满意这样胆子大。而且他把段雯丽给他画的画真的让他妈给装在相框里挂墙上了。我们纷纷猜测,段雯丽会不会喜欢上刘满意?结论都是不可能。

白老师再来给我们上课的时候,人好像瘦了,我们担心他批评我们。但他一上课,就给我们鞠了一个大躬,说对不起我们。然后说了一气当前教育体制的弊端。他讲每一个老师都应该充分尊重学生的爱好,尤其是要挖掘学生的特长,像我们班的同学喜欢画画,就应该让朝这个方向发展。尤其像段雯丽这样特长明显的同学,更应该重点培养。白老师的话说完,教室里响起热烈的掌声。同学们敲着桌子,拍着大腿,大声喊:"'段雯丽的腿',白老师万岁!"

从那之后,白老师上课不再约束我们,他让我们画画、看闲书,他说要让我们每一个人自然长成参天大树。

忽然有一天,刘满意讲白老师在和段雯丽搞对象。我们觉得不大可能。满意眨着小眼睛,说亲眼看见白老师和段雯丽在学校后边的树林里约会,白老师还拉了段雯丽的手。我们问满意怎么知道?满意说他一直跟着段雯丽。后来我们发现段雯丽下晚自习后,经常溜出学校。一次几个同学跟着出去,发现段雯丽真的是去和白老师约会了。

白老师和段雯丽搞对象的事情慢慢在学校流传开。白老师上课的时候,我们再也不把他当成老师了,觉得他是一个好色之徒。我们故意起哄,他的课堂秩序乱糟糟的,有时隔着几个教室都能听到我们的喊叫。校长批评了他好几次,我们再也不同情他了,觉得活该!

放寒假以后,段雯丽回城里去了。我们班许多男生给她写了信。大家在一起玩的时候,猛不防谁就会说一句"段雯丽的腿"! 我们都在心里默默想念这个城里来的女孩。

春天开学的时候,段雯丽回来了。这次她穿着一件红色的羽绒服,像火红的太阳滚进了我们学校。教我们政治的老师换了一位,听说白老师调到另外一所偏远山区的学校了。段雯丽似乎早知道了这个消息,她脸色苍白,一幅失恋的样子。上课基本不再听课,总是拿着一支铅笔不停地画小人,画好涂了,重新再画。画累了,拿出琼瑶的小说看。很快,我们班里的同学都喜欢上了琼瑶的小说,大家课下闲暇的时间都在讨论琼瑶的小说,我们觉得段雯丽就是琼瑶笔下的人。

学校不再让学生们到外面出早操了。每天早上,由体育老师领着我们在学校那不大的操场跑十圈。学校恢复了以前那种稀里哗啦的平常样子。

我们班一下从上个学期全校最闹的班变成全校最闷的一个班。大家课后总是拿着一本琼瑶的小说,每个同学脸上一幅多愁善感的样子。

刘满意经常跟在段雯丽身后,不时结结巴巴说句什么。段雯丽爱理不理,遇上心情不好,还大声冲他发脾气。同学们看到刘满意灰溜溜的样子觉得好笑。可是刘满意像不倒翁一样,等段雯丽发完脾气,依旧小心翼翼陪在她身旁。

段雯丽从学校搬回她姥姥家,不住校了。许多男生也跟着搬回自己的家,像以前一样走宿。

段雯丽回了我们大院,我们院子里的男孩兴奋了一段时间。但段雯丽和刚从城市回来时我们认识的那个段雯丽不一样了,她放学后一般都待在柴奶奶那昏暗的屋子里,像一只怕见光的蝙蝠。出来进去碰到我们时,脸上都是浅浅的一笑,算是打了招呼。我们都还记得段雯丽那深深的酒窝,希望她早点变回从前的样子,一起和我们玩,一起和我们做事情,哪怕再笨手笨脚。我们甚至觉得等天气暖和了,段雯丽的心情也会变好。

天气渐渐暖和了,段雯丽脱下了她那身红色羽绒衣,又换上以前的白色运动装,我们眼前一亮,以为以前的段雯丽又回来了。可是段雯丽好像还躲在白雪皑皑的冬天,让待在她周围的人也跟着觉得冷。一个星期天,我们准备去附近的山里玩,叫段雯丽一起去。她摇摇头,转身进了屋子,仿佛怕我们一直叫她,还随手关上了门。

大家觉得很没趣,把失望发泄在了骑自行车上。一路上车子蹬得飞快,看见手扶拖拉机,就不要命地追上去,抓着拖拉机的车厢,带着自己走。遇到下坡的时候,都双手大撒把,扭着屁股用劲向前冲。山上的五月,山桃花正在盛开。面对姹紫嫣红的桃花,大家怎样也提不起兴趣。不知道谁先发现桃树下有去年掉下的桃子,桃肉已经腐烂,桃核却光溜溜的。大家七手八脚捡起来,回去串起来做念珠。过了一大片桃林,我们便用劲朝山上爬,爬到山顶,一个个大汗淋淋。山风一吹,透骨地冷。下吧？一人说,众人响应。下了山之后,我们连事先准备的野炊食品也没有往开打,直接回家。

回到大院门口时,我们看见久违的白老师正在往出走,边走边不停地擦手中拿的眼镜。柴奶奶拿着一把鸡毛掸子,"啪啪"抽打着院子里的那棵枣树,边打边骂。白老师看见我们,脸"唰"一下红了,他说:"我想让段雯丽继续学画,她画得太好了,放弃有些可惜。"白老师的话说得结结巴巴,让我们一下想起刘满意。

那件事情发生不久之后,段雯丽和社会上的"炸弹"搞上了对象。"炸弹"喜欢上段雯丽一点儿也不稀罕,可是段雯丽怎么会喜欢上脾气火爆成天打架的"炸弹",我们想不通。

可是他们确实经常在一起。

"五一"前一天晚上放学后,"炸弹"和一群小混混围在校门口,段雯丽一过来,口哨声四起。"炸弹"叉着一条长腿,坐在自行车上,笑吟吟望着段雯丽。段雯丽搂住"炸弹"的腰,用劲一跳,坐上"炸弹"的自行车,他们一群人便浩浩荡荡朝西茂河水库奔去。

他们走后不久,刘满意骑上他的自行车,急急忙忙朝西茂河奔去。我和班里的其他一些男生不放心,也骑上自行车追去。走在以前每天早上跑步的地方,大家心里没有了那种甜蜜的感觉,一个个紧张得像要去打仗。

慢慢黑下来的天空像一个蛋青色的大帐篷,笼罩在西茂河的上空。我们站在大堤上,看见水库中心的小岛上有一团篝火,火光那儿传来一阵阵隐隐约约的歌声和吉他声。我们不知道段雯丽怎样渡过这么宽的水面,到了小岛上。想到她可能脱了衣服,跟着那群混混泅过水面,我们心里都不大自然起来。想她的身体岂不是让那些家伙看到了?上了岸,她怎样晾自己的裤衩乳罩呢?

一会儿时间,天黑透了。水面上什么也看不到,只能望见远处的火光,歌声和吉他声听得更清楚了。我们想这群狗日的,倒会享受!

刘满意说:"怎么办?要是他们晚上不让段雯丽回家呢?"

我们一下也觉得事情严峻起来。而且假如他们还是渡河过来,晚上多不安全,每年西茂河都会淹死几个耍水的人。

"赶紧找她家长来吧!"刘满意突然不结巴了,说话快了起来。

我们也想不到好办法,说:"先喊喊她吧。"

我们大声喊:"段雯丽,快回家!"

岛上像回应我们似的,歌声忽然高了。

我们继续喊:"段雯丽,赶快回家!"

没有听到段雯丽的声音,岛上的人们一起大声唱歌,吉他的声音也高了

刘满意说:"你们在这儿等着,我去找她姥姥,叫她回家。"他跨上自行车像一条黑色的蛇消失在茫茫夜色中。

我们继续不停地喊:"段雯丽,赶快回家!"

刘满意上气不接下气赶回来的时候,我们的嗓子都喊哑了。他说:"已经告诉段雯丽的姥姥了,她马上就来。"

我们重新喊:"段雯丽,你姥姥来了,快回家吧。"

那边的歌声忽然停了,我们看见火光中一些影子乱动,然后水面上传来了划船的声音。在越来越近的声音中,我们心中有一丝胜利的喜悦,但也有几份恐惧。

船上几只打火机"啪啪"一闪一亮,我们看见"炸弹"划着平时水库上打鱼的那条铁皮船冲开夜色驶过来,段雯丽紧紧靠在他身边,头上的短发在夜风中微微飞扬。我们都松了一口气,可是段雯丽的姥姥还没有来。

我们问满意:"她姥姥呢?"

"在路上吧,刚才她说马上来。"满意一着急,又结巴起来。

船靠岸了。"炸弹"一手拉着段雯丽的手,一手扶着她的腰。段雯丽在石头上站稳的时候,"炸弹"才松开她。

"我姥姥呢?"段雯丽问。

"炸弹"阴森森地望着我们说:"你们搞什么鬼?想死。"

刘满意说:"她说要来的,大概在路上,我去接过来。"他又急急忙忙去骑自行车。

"接你妈的逼!""炸弹"一巴掌打在满意脸上。

我们都懵了。

刘满意喊:"雯丽!"委屈的眼泪马上掉了下来。

段雯丽说:"走吧。"

不知道她是冲"炸弹"他们说,还是冲我们说。她先掉头走了。

"炸弹"骑上自行车追上她。她坐到"炸弹"自行车上。他们一帮人走了。

我们回家的路上，都气得大骂。我们骂"炸弹"，骂段雯丽，骂段雯丽她姥姥。

我们问满意："段雯丽她姥姥到底怎么回事？"

满意低下头小声地回答："她说要来的。"

那天晚上，我们不知道段雯丽是回家去了，还是跟上"炸弹"他们走了。我们一路上也没有遇到段雯丽的姥姥。我们觉得自己不值，段雯丽已经不是以前的段雯丽了。

从那之后，我们不大搭理段雯丽了。无论她画小人，还是看琼瑶小说，都是她自己的事。就好像城市里发生的事情是城市里的事情，农村发生的事情是农村的事情，我们都是农民的孩子，我们可能一辈子都离不开土地。"段雯丽的大腿"我们也不说了。只有刘满意似乎还不甘心，经常凑到段雯丽跟前结结巴巴说："雯丽，你看完这本书能让我看看吗？"

快放暑假的时候，有人说段雯丽的肚子大了。我趁她不注意的时候瞧了瞧，看不出她的肚子大了，但她似乎憔悴了，脸色发白，眉角上有一处青色的瘀伤。我心里想，活该！但还是隐隐约约同情她，希望她能回到我们这边来。

放了暑假的那天晚上，天气非常热。镇里有户人家死了人，放电影。我们都去看了，看见段雯丽和那群人在一起，但是不知道为什么"炸弹"不在。段雯丽穿着一件白衬衫，走路轻飘飘的,我不由想起她刚来我们学校时,带领我们跑步那矫健有力的步伐。

电影看到一半的时候,我们热得受不住了,去镇子外边的东河玩。那晚的月色非常明亮,把远处的庄稼和近处的房子都照得清清楚楚。走在通向河边的那条小路上,电影里的声音还清晰地传过来。忽然我们看见在奶奶庙的围墙前站着一群人嘻嘻哈哈说着什么。等我们走近的时候,看见段雯丽被一群人围在中间,那些人七手八脚地在她身上和脸上乱摸。

"段雯丽!"刘满意小声尖叫。

我们轻轻拉了他一把。

段雯丽的脸在月色中变得透明而苍白,那些手伸在上面像抚摸一座大理石雕塑,给人一种邪恶而又美丽的震撼。我们梦游一样继续往前走,段雯丽带点放浪的笑声夹杂在一群男人的笑声中,像金属锥子一般刺透了我们的耳膜。刘满意弯下腰来,从路边的地里拔出一株带茬子的玉米秆,朝那群人冲去。玉米茬子上泥土的清香冲破黑暗的阻拦,在段雯丽的笑声中冲进我们的鼻腔。满意像挥舞着长枪的士兵,他矮小的影子在月光下像牵线的木偶,电影里似乎传来冲锋号的声音。那群人在满意的长枪下迅速散开,又潮水一样涌上来。玉米秆打在那些人身上传来"噗噗"的声音,然后泥土四溅开来,掉到我们嘴里热辣辣的,像一滴滴血。满意倒在地上,许多双脚朝他身上踢去,脚上面是些乱七八糟的手在乱舞。满意的呻吟声和段雯丽的尖叫声搅和在一起,在寂静的夜晚向死了人的那家人家冲去。我们纷纷从地里拔出玉米秆,朝那群人冲去。在一片混乱中,那群人抱着头在明亮的月光下四散逃窜。满意喘着粗气,从地上爬起来,拾起地上的土块、石头朝他们用劲扔去。段雯丽缩在墙根,衬衫领子撕开一个大口子,乳罩的一条带子滑下肩膀,胸脯上面文着一只青色的蝴蝶,在宁静的月光下好像要展翅而飞。

那天,一向泼辣的柴奶奶找那些小流氓去了。她回来的时候,面色发青,小腿肚子都在哆嗦,不知道受了怎样的委屈。她一进院子,就骂开了。

"小婊子,你在大城市里待着不好好上学。转回这儿来又和小流氓混,你搞大了肚子谁来管?"

我们在院子里等着。妈妈听到柴奶奶说这样的话,把我拉进屋里。屋子里的灯开着,可是非常昏暗,什么也看不见。段雯丽胸脯上的那只青色蝴蝶要飞走。

刺耳的声音继续从院子里传来。"你不怕丢人我还怕丢人。明天你爱去哪儿去哪儿吧!"

爸爸打开了收音机。里面正在报道海湾战争。伊拉克向科威特发射了十枚"响尾蛇"导弹。科威特的油井燃烧着冲天的大火,将我的窗外照得透亮。隔壁传来摔脸盆的声音。

第二天早上,我看见段雯丽拖着拉杆箱走出院子。她一个人孤零零的,好可怜。我意识到什么,想去送送她,但不知道为什么没有动。一丝惆怅从心底升起,段雯丽的那只蝴蝶在我眼前乱飞。

整个暑假,我都在想那只蝴蝶。刘满意经常来找我们玩,打听段雯丽什么时候回来,我们谁也不知道。刘满意说他给段雯丽写了信,我想起上个寒假的时候,我也给段雯丽写过信,但已经感觉非常非常遥远了。

暑假过去之后,我们都升了初三。段雯丽没有来上课,听柴奶奶说她又转学了。不知道她转回城里学校去了,还是转到另一个像我们这样的小镇学校或者村里的学校了。我们依旧每天跑步、上课、吃饭、玩耍、睡觉,城市离我们遥远了起来。秋天的蝴蝶,依然很多,我看见过白色的、黄色的、红色的、绿色的、花的,但没有见过一只青色的。我怀疑自己那晚到底有没有看到那只青色的蝴蝶?

刘满意肯定地说,那是只青色的蝴蝶。

他要在自己身上文一只像段雯丽身上那样的蝴蝶。

我们镇上没有文身师,刘满意让我和他去城里找。我想看看刘满意身上文上这样的蝴蝶是什么样子,兴致勃勃和他去了城里。

我们在一条散发着尿骚味的小巷子里,看到一家文身的小店。一个烫着卷发的男人叼着一根烟,赤裸的大胳膊上文着一个关老爷。

刘满意问:"文一只蝴蝶多少钱?"

"在哪里啊?"

刘满意望望我,掀开衬衫指着胸脯上边说:"这里。"

刘满意的胸脯又黑又瘦又瘪,上面还有一块红色的胎记。

我能想出那只蝴蝶文在这里是多么丑陋。

"多大?"

"大概就这么大。"刘满意用手比画了一下。

"三十元。"男人磕了一下烟灰。

刘满意惊慌地结巴着说:"等等。"

他拉我出来问:"你能借我点钱吗?"

我把口袋翻出来,里面只有一块钱。

刘满意又进了小店。在那个不大的地方乱转。一会儿看看墙上贴着的文身图案,一会儿看看那些文身的针头,还走到屋角摆放的床前,看床上那发黑的被子。当他低下头端详那浸满头油的枕头时,男人忍不住了。

他问:"你到底做不做?"

"能不能再便宜点?"刘满意结结巴巴地问。

"最少二十五。"

刘满意转身走出店门。

后边说:"二十,最少二十。"

刘满意说:"我知道怎样做了。用注射器灌上墨水,像打针那样刺在肉上。"他有些遗憾地说:"可惜我自己不能刺在胸脯上,你可以帮我忙吗?"

我忙摇头。

接下来那段时间,刘满意每天在自己身上试验文身。他先在大腿上试验。画一只蝴蝶,然后在注射器里灌上墨水,沿着蝴蝶的笔迹往上刺。

刚开始，刘满意的蝴蝶画得很难看，刺上去的墨水不是染不上颜色，就是图案不连贯。

伊拉克继续进攻科威特，美国出兵了。

后来，他的蝴蝶画得非常逼真了，比我们镇上的画匠王三明画得都好。他那些先前刺下的文身结了疤，变成一些古怪的图案。有的是一条线段，有的是射线，有的是半只翅膀，有的像骷髅头，也有的能看出是蝴蝶。

他继续试验，把身上到处刺得红肿溃烂。

后来，他身上的那些蝴蝶越来越像蝴蝶了。

有一天，刘满意说他终于掌握了文蝴蝶的秘密了。可是他身上凡是自己能够得着的地方，都已经文满了蝴蝶。刘满意痛苦地说，文哪儿呢？他仔细观察身上的皮肤，到处是成形的不成形的蝴蝶。

那几天，刘满意为找不到文蝴蝶的地方非常痛苦，他甚至打算帮我文一只，我马上拒绝了。

他后来还是想出了办法。

他躲在我们家里，照着镜子往自己脸上文。他说："脸颊上的皮肤挺软，适合文。"我说："你文上不怕别人看见？"他说："要是段雯丽能看到就好了。"

我们打开收音机，美国、伊拉克、科威特在打仗。在海湾战争中，刘满意对着镜子往自己脸上文蝴蝶。他的动作娴熟极了，像我妈妈纳鞋底。

刘满意文好之后，他的半边脸肿了起来，还慢慢渗出一些血丝。

我有些替他担心。

满意说:"没关系,过几天就好了。以前刚文上也是这样。"

第二天,刘满意到了学校的时候,两边的脸都肿了。

刘满意说右半边脸是他爸爸打肿的。他看见满意在左脸上文了蝴蝶,打了他一耳光。

我说:"学校看见你脸上的蝴蝶,会开除你的。"

刘满意笑了笑,往手上倒了些墨水,抹在脸上。

他问:"你知道段雯丽去了哪里了? 我想去找她。"

"谁知道呢? 或许她去了科威特,那里需要她。"

"我想去找她!"

那几天,刘满意尽管每天不洗脸,还是能看出他脸上的蝴蝶在一天天变得清晰,清晰的蓝墨水也挡不住。

当那只蝴蝶彻底成形之后,刘满意洗去了脸上的墨水。那只青色的蝴蝶趴在他脸上,和段雯丽胸脯上的一模一样,要飞了起来。此前,已经有许多人发现了刘满意脸上的蝴蝶,但没有想到会是这样的一只。又弱又小的刘满意,因为脸上这只蝴蝶,一下子仿佛精神了许多。说起话来也不像以前那样结巴了。

很快,学校发现了刘满意脸上的蝴蝶。先是班主任找他谈话,然后是校长找他谈话。我们觉得刘满意完了,学校要开除他。

刘满意从校长办公室回来的时候,没有我们想的那样垂头丧气,反而是从来没有过的神气,仿佛校长安排了他一件光彩的任务。他噼里啪啦把课桌上的东西收进书包,大声对我们喊:"我要去找段雯丽了!"

　　然后,头也不回地走了。

谁和我一起吃榴梿

1

秋天,阳光中有了风,气候渐渐干燥起来。

我打算到南方贩一批热带水果,赶在中秋节之前赚一笔,然后年底结婚。

朋友们借给一些钱,我到工商银行先办个卡,到了那边再取。

银行门前停着一溜武装运钞车,几个头戴钢盔的保安在低声说话。从银行出来,有两个保安互相开玩笑,其他几个虎视眈眈,手中还拿着冲锋枪。我想起警匪片中的抢劫案,朝几个保安笑了笑,两个开玩笑的表情一下严肃起来,我也忙收敛起笑容,加快脚步。那几个保安的目光转向墙角。顺着他们的目光,我看见一个女孩背靠着墙壁,两眼茫然地望着前方,一条灰色的影子斜躺在她前面。她五官十分漂亮,但一点精神也没有。我有些好奇,仔细端详了几眼。女孩双手反扣在墙壁上,手指白皙瘦长，手腕上戴着一根皮筋。

路上，一直琢磨女孩茫然的眼神，不小心撞在另一个山一样粗壮的女人身上。忙说对不起，女人用鼻子哼了一声。

到了汽车站前的水果摊前，几个售票员正用小喇叭招徕乘客，大声喊，北京，北京！西安！石家庄！听到北京，我有些惆怅。

几个月前，我还在北京，而且以为自己能一辈子待在北京。可是，形势和自己想的根本不一样。临走前几天，我的眼神也是这样茫然。北京炎热的夏天，像一个热气腾腾的大澡堂。到处都是施工的地方，让人以为会有很多很多的住处。可是那些楼越盖越高，越装修越豪华，给人一种拒人千里的姿态。我就是在仰望一座摩天大楼时，突然晕倒的。

等我醒过来时，想，回吧，待在这个陌生的地方，即使突然死了，也没有人会知道。

走的前一天，我到了常去的一家商务中心草坪前，巨大的射灯把草坪照得绿莹莹的，一些流浪汉大概累了一整天，躺在草坪上旁若无人地早早就睡下。我找一处地方坐下，留恋地抚摩身边的草，想要是这家商务中心每天的电费都给了我，就是一笔可观的收入，我就可以安心做自己喜欢的事了。想完，觉得自己傻。普通人的价钱不如大熊猫，不如东北虎，恐怕连草也不如了。

回到村里，小时候一起玩耍的好多朋友们都有了孩子。一个曾经很矜持的女同学，当着那么多人的面掀起衣服喂孩子奶,胸脯耀眼的刺人。村里的好多老房子歪了,上面长着茂盛的瓦松。我们的那个大杂院子长满了一人高的青蒿,当年的叔叔阿姨都成了老人,他们混沌的眼神看见我,放出一丝光,然后又陷入长久的昏暗。父母亲都老了,老的我不忍心看。他们看别人孩子的眼神却灼热地要燃烧起来,里面明显伸出青藤一样的东西,枝枝蔓蔓缠绕住我,细小的刺无处不在。

晚上,我一直做梦。梦中套梦。梦见房子长了腿,像轿一样抬着屋子里的东西和父亲、母亲走了。我着急,可是动不了。醒来的时候,旁边剩下一堆黄土和萋萋野草。

第二天起来,父亲、母亲仿佛又苍老了许多,眼底发黑,显然晚上没有睡好。我在家里怎样也待不住了,我要挣钱,娶老婆,给父亲、母亲带一个大胖孩子回来。

我离开家,去市里找猫儿。他多次给我打电话。别人都说他现在混得不错。

2

一整天,那个女孩的眼神总在我跟前晃悠。我不知道为什么要担心她。要是当初问一下她需要帮忙吗,就好了。但理智和自尊觉得不能这样做。现在想再过去看看她在不在了,但又没人帮我看摊。

好不容易等到晚上,收了摊,猫儿他们过来给我饯行。在夜市上喝啤酒时,我心事重重,和他们说起了白天看到的那女孩。他们乱开玩笑,有人说,你是不是看上人家了?猫儿说,你不是看见人家漂亮才惦记，街上茫然的人多了，你怎么没注意到别人？我心里掂量这个女孩是不是我喜欢的那种女孩，假如是，那错过太可惜了。

喝完酒，我们去蹦迪。在这个小城市，有一家小小的演艺中心，在一家旧商场的三楼。外面台球厅，里面是迪厅，一进去散发着臭烘烘的尿骚味，但是是最时髦的地方，年轻人们都喜欢去那儿。

进去后，开始放的是一些节奏舒缓的曲子，渐渐人多了，音乐的节奏也快了。当放到一首《嫁个有钱人》的曲子时，一下把我击中了。年轻的姑娘们陶醉在音乐中，摇头晃脑。我想自己穷就是悲哀，一定要好好挣钱。那天晚上，我疯了似的不停地哼这个曲子。

后来，节目表演开始时，上来的第一个演员就惊呆了我，正是白天看到的那个女孩。她穿着暴露的衣服，涂着浓浓的重彩，像换了个人似的，但手腕上还戴着那根皮筋，让我一下认出了她。她随着音乐疯狂地舞动，但眼睛还是没有一点生气，像梦魇住似的。我有种心疼的感觉，恨不得上去把她抱下来。

下面很快就疯狂了，不住地有喝彩声和口哨声。

一个赤裸上身的光头拿着两瓶啤酒上了舞台，脖子上拇指粗的金项链明晃晃的像无常手中拘人的铁链，到处都是龙虎文身。他自己拿住一瓶啤酒用口吹，让女孩把另一瓶也喝干。女孩接住开始喝，他在边上拍手，下边的很多男人跟着他拍手。女孩喝完时，他拍拍手，下边又送上两瓶，女孩接过放地上，说过一会儿再喝。光头不让。女孩只好拿起来,喝了一大口,要放下。光头上去揽住女孩,把剩下的啤酒往她嘴里灌。我噌一下站起,说,操,还像人吗?

猫儿拖住我,你想干啥? 在这种地方!

我顿了顿,说,上个厕所。

我看见女孩用劲挣扎了一下,说自己来。她赌气似的大口大口把酒灌下,呛了一口,一咳嗽,眼泪出来了。这是我见到女孩后,第一次见她眼神的变化。

我说,我上厕所。

到了厕所,用冷水抹了把脸。看到闸箱,想也没想,把闸拉下。迪厅顿时陷入黑暗,在这深渊似的黑暗中,我感觉到了快感。我想,今天一定得去找那个女孩,看看能否帮上她的忙。

趁着乱糟糟的人群,我溜出来。

很快,灯又亮了,音乐又响起来。

我返回去,猫儿他们正在等我,问我怎么去了这么长时间? 我含糊回答说,肚子不舒服。然后,我说,要回去了,明天还得早早起。

从楼上下来,我躲在旁边一处药店的门汀下,盯着迪厅门口。音乐一阵比一阵强烈,头顶上的天花板似乎都在震动,我嘴里默默哼着《嫁给有钱人》,想那个女孩出来是有人送呢,还是一下打车走呢?

过了好久,人断断续续出来,猫儿他们也出来时,我几乎忍不住要喊他们一声。等到女孩出来时,街上几乎已经没有人了。她缩着肩膀走在清冷的路灯下，步子很慢。我大步追上去，嗨了一声。她回过头来，脸上的妆还没有卸，在路灯下，像京剧里的脸谱。

需要帮忙吗？我说这句话以前，已经想了很长时间，但说出来时觉得很别扭。

她摇了摇头，眼睛里出现疑问，这是今天她眼神的第二次变化。

我忙说，我没有别的意思，就是想帮帮你。但我也很穷。

我不知道为什么要说自己穷，大概潜意识里害怕女孩提出借钱之类的要求。

女孩说，你帮不了我的。

我们顺着马路牙子向前走。

我问，为什么？

你敢讨钱吗？

我心里一凛，想起猫儿，嘴硬了。

谁欠你的？

我在这个场子里干了一段时间，可是他们一直不给钱，现在走不能走，但留下只会让他们欠更多。女孩说完，叹了一口气。

路灯忽然灭了。

我捏了捏拳头，说，操！

你想吃点东西或者喝点什么吗？

黑暗中女孩似乎点了点头。

领她来到一个地下电子城,还没有打烊。她只点了一碗麻辣米线,我要了瓶啤酒陪她。女孩去了趟洗手间,出来时,脸上的妆没有了,她的漂亮一下绽放出来。明亮的灯光下,能看见脸上淡淡的绒毛。

她吃完米线,舒服地打了个呵欠。

我说,你去哪儿,我送你。

她说,不知道。

我愣了。

然后说,走吧,睡觉去。看看表,已经快一点了。

女孩说,我不想回去,房东每天催房租,隔壁那两个人又没完没了折腾。

要不,你去我那儿。

她站起来。出了地下城,看到满天星星。

到了汽车站前,阿黄听到我的声音高兴地吠了一声,我拍了拍它的脑袋。

进了帐篷,我对女孩说,嗨,你想吃什么自己拿,我去帮你开个房间。

她拖住我,说,我不叫嗨,我叫小顺。

小顺,你想吃什么自己来。我去附近开个房间,马上回来。

我怕你的狗。我不想一个人待着。说着,她在那张折叠床上躺下,长长地出了一口气,用身子把床掂了掂,说,好舒服。马上就脱鞋。

我站在地上,不知道该怎么办。她说,你要是不嫌挤,睡一起吧,这床蛮大的。

我好像客人似的慢慢躺上去,钢丝一压,向中间缩,我们两个挤在一起。我尽量往后缩身子。她说,你真是个好人,我累了,我要睡觉。说完,把头埋在我怀里,很快打起了呼噜。

"你真是个好人",我喃喃自语,品味这句话的味道。听见阿黄在外面也打起了呼噜,街上偶尔有辆车驶过,又一片寂静,我想明天还得去广州贩水果呢,得好好睡一觉。

如果我走了,小顺去哪里呢?

3

不知道几点迷迷糊糊睡着了,感觉身上凉的时候,一骨碌起来。身边没有人了,看表,时间还早。

低声喊,小顺。

没有人答应。

我躺下,摸了摸旁边,似乎还有体温,而且鼻子中还有一股淡淡的幽香。

她去哪里了?我爬起来,一摸口袋,皮夹没有了。头上马上沁出冷汗。这个小婊子,偷上我的东西跑了。找手机,手机也不见了。

跑出帐篷,街上漆黑一片,夜似乎很深很深。我为自己的好心感到害怕。但庆幸白天把钱存卡里了,就是拿走我的皮夹,也只是几个零花钱,但里面有身份证、银行卡、车票。去广州的火车马上要开了。一定要找到这个小婊子。

敲开隔壁的烟酒摊,借老板的手机给猫儿打了个电话。我说,你记得白天和你说过的那个女孩吗?就是咱们晚上去迪厅表演节目的那个女孩。这个小婊子偷上我的东西跑了。

猫儿说他马上过来。

打完电话,我有些后悔了。小顺偷走我的东西,我的损失也没有多大,主要是一张火车票。麻烦的也就是丢了身份证和银行卡,但或许她会送回来。而且有种直觉,我觉得她一定会送回来的。猫儿一来,事情可能就搞大了。

猫儿很快来了,又领来两个人。

我们先去找迪厅老板。

老板说,这个女孩我也不知道是哪里的,只是前几天突然来了,说想表演节目,我看她长得漂亮,让她试了试,舞还跳得可以,便留下了。

你没有拖欠她工资?

哪里呢?现在找个好表演节目的多难,笼络还笼络不住,哪里能拖工资呢?倒是她说有事急用钱,还预支了我二百元。

我懵了,觉得老板说得不是真的,小顺不是这样的女的。

那天晚上,我们一直在街上和附近的小旅馆、网吧找小顺。都没有找到。我记得小顺说过房东催房租之类的话,她应该住在一个出租屋,但我不知道为什么没有跟猫儿说。

天亮了,去广州的火车也快开了。我忽然有种冲动,去车站候车室看看。

我向猫儿借了一百元钱,说要去银行办理挂失。

绕过银行，我来到火车站。站台像一个工作了一晚上的妓女，疲态露了出来。地上到处都是垃圾，灰白的晨光照在上面更加肮脏。迎面碰上一群出站的人，脸色苍白，呵欠连天。睃了睃，没有漂亮姑娘。

来到候车室，喇叭上正在喊去广州的列车开始检票。从一堆人群里，我看到了小顺，她也是一脸倦态，眼神还是那样茫然，手中举着车票。我挤过去，拍了拍她的肩膀。她看见是我，勉强笑了一下。

我说，咱们回家去吧？

她点了点头，把票、手机和皮夹给了我。

我把票换成明天的，慢腾腾走出来。小顺跟在我后面，我觉得我们俩像吵架后的情人。

出了车站，我忽然吼起来，你很缺钱吗？穷疯了，为什么要去广州？

我一分钱也没有。我不想在这个地方待了，能走得越远越好。

你一分钱也没有，去了广州能做什么呢？

只能做鸡！但这句话我没有说出来。

她突然问，我能走了吗？

去哪里？问完这句话，我觉得事情基本已经解决了，既然我不打算送她去派出所，也似乎没有权利滞押她。

她叹了一口气，还能去哪里？打工。

你这么缺钱吗？

她张了张嘴，说，没事我就走了。

我忽发奇想，你愿意和我一起去广州吗？

她摇了摇头，说，我走了就不回来了。

我退一步，你愿意到我水果摊上帮忙吗？

她还是摇头。以前我干什么都可以，现在……她忽然笑了，我觉得她笑得很邪恶，也很凄凉。

我不想让她走，可是留下她又不知道干什么。只好说，那你走吧，什么时候想吃水果，可以来找我。

回去之后，我把事情简单向猫儿说了一下。他说，疯子。长长打了个呵欠，回去睡觉了。

4

晚上，我又去迪厅。再次见到小顺。她疯狂的舞蹈和荒凉的眼神，让我同时看到大火燃烧时的壮观和灰烬消亡时的凄凉。越看越惶恐。一直看到她表演结束。出来时，并肩走了几步。我想应该给她些钱，把房租交了。她忽然给我手里塞了个凉凉的小东西，跑了。我摊开手掌心，是一个小小的玉佛。男戴观音女戴佛，是我们这儿的习俗。她送我佛，不知道是不是她戴过的。

回去之后，不想睡觉，看一个朋友留下的碟——《榴梿飘飘》。打开，马上被那个嘴角翘翘的妓女阿燕吸引住了，越看越凄凉，觉得故事就是说我这样的人。她的生活让我揪心。又担心起小顺来。

第二天,去广州。

广州的繁华和热闹没有留意,而是直奔水果批发市场。我没有买那些常见的香蕉、橙子、菠萝、荔枝、枇杷等,而是批发了杨桃、红毛丹、龙眼、番石榴、海南柚子、椰子、芒果、山竹这些我们这儿几乎还没有,人们叫都叫不上来的水果。尤其是榴梿,我把剩下的钱都弄它了,我觉得它能让我大赚一笔。

回了小城,我特意在电视上做了个广告。生意如我想的那样,火透了。好多人根本不问价钱,而是问,有更稀罕的吗?我把VCD搬出来,一遍一遍播放《榴梿飘飘》,人们不知道是否像我那样受了美丽的阿燕影响,买榴梿疯了。在这个本来只能嗅到白杨树青涩苦味的地方,忽然充满了榴梿那种香香臭臭的味道。

忙碌的时候,小顺送的那只玉佛不时轻轻叩击着我的胸膛,像一只小手。我已经知道了阿燕的扮演者叫秦海璐,和我年龄差不多,她不仅拍电影,而且唱歌。我走遍城市的大街小巷,买到她的《单行线》。

我每天去银行存一次钱,赚的远比我想象的多。

我忽然渴望娶一个像秦海璐那样的姑娘。

水果剩的差不多的时候,我给广州打去一笔钱,要求他们给我发来杨桃、红毛丹、芒果,尤其是榴梿。我计划中秋过后,去观看一场秦海璐的演唱会。

晚上,我请猫儿他们喝酒,然后去迪厅。很晚,小顺才来。她瘦了,眼底有浓浓的眼袋。她的舞蹈更疯狂,眼神里几乎什么都没有了。看着她的舞蹈,我想起《榴梿飘飘》中阿燕每天穿梭在各种酒店、茶馆、餐厅、马槛之间,不停地冲凉——接客——冲凉,再冲凉——再接客——再冲凉。离港的那天,一天接了三十八个客人。我有一种不祥之感。

我又特意等了她。她见到我很冷漠,仿佛我们根本没有交往过。我请她吃饭,她拒绝了。我话还没有说完,她招手叫了一辆出租车走了。出租车消失在浓浓的夜色中,我感觉到夜晚很凄凉。

心里非常不安,觉得小顺一定有什么重大的难言之隐,但我害怕失去这刚刚幸福起来的生活,不敢去探究她的生活。

回来我把那只玉佛摘下来,放一个小盒子里,准备下次见了小顺还给她。然后打定主意今年一定结婚。

5

水果发来之后,又忙碌了一段时间。中秋节忽然到了。那天晚上,街上很早就没了行人,月亮从房顶后面明晃晃闪出来,一直往天上爬。我心里空得难受。尤其是听到别人家响起叮叮当当的鞭炮声时,几乎想哭。买了一瓶竹叶青,打开一只榴梿,酒和水果混杂在一起,有一股奇异的香味。我喝着喝着,看见月亮就到了头顶,想到半辈子就这样过去了,心里不甘,可是一点办法也没有,什么也抓不住,我的泪出来了。

这时,手机响了,不知道在这个亲人团聚的时候,谁会想起我?

是个陌生号码。

那边说，我想吃水果。

过来吧，这儿水果很全。

算了吧。对方挂了电话。

我有点莫名其妙，马上想了起来，是小顺。

我回拨过去，你马上过来，无论在哪里，马上打车过来！

话刚说完，我看见小顺从街角转过来，那一刻我以为自己眼花了。

她过来坐在我对面，闻到榴梿马上用手扇鼻子。然后拈起一小块问，好吃吗？塞嘴里。说，好香。

我要再打开一只，她拒绝了。说，咱们唱歌去好吗？

我收拾好摊子，然后和小顺去了一家KTV。

我想喝红酒，加冰。你心疼钱吗？小顺说。

我呼喊服务生上红酒、加冰。

小顺先唱了一首《橄榄树》，唱这首歌的时候，她的年龄好像忽然变小了，到了十七八岁的样子，眼神也湿润了。我拉住她的手，她靠在我怀里，把手放在她胸脯上。我闻到她头发上有一股淡淡的汗馊味儿。

服务生过来调好酒、斟满杯子。

小顺把顶灯、壁灯都灭了，打开射灯。在激烈的音乐下，清澈的玻璃杯里，浓浓的红酒好像要跳出来。小顺抿了一小口，伸出舌头在嘴唇上舔了一圈。我非常冲动，紧紧抱住她，吻住她的嘴唇。她的舌头又滑又甜，像跳动的火苗。

小顺问我唱什么歌。

我摇摇头,说不会唱。

她一首接一首唱开了,间歇,喝一口酒。她好像忘了我的存在,那些歌一会儿把她带回远古的过去,一会儿又茫然地漫步在无望的街头。她的手机铃声响了她不管。一直唱,一直唱,唱到嗓子嘶哑。

中间,我拿起她的电话,试着帮她看一下谁的电话,她一把夺过。把电话扔到沙发的角落。我觉得她好像要逃避什么,又想抓住什么。

一瓶酒喝完的时候,她说,累了。忽然坐在沙发上木偶似的不动了。我拍拍她的肩膀,说咱们看个电影,要不一起回吧。我想起《榴梿飘飘》,我想告诉她我喜欢扮演阿燕的那个演员秦海璐,过几天我要去看她的个人演唱会。我也想告诉小顺,我喜欢她。这时,小顺的电话又响了。她说,你帮我取一下好吗?

我拿起手机,看到二十七个未接电话。

她接起,说,唱歌呢。

对方说,还不回来?

她说,不回去了。

你不回来,我过去。

想来就来呗!

……

我有些不安和不高兴,说,咱们走吧?

不走。

小顺放起了迪斯科，正是那首《嫁个有钱人》。她站在大投影前，摇头、拍手、摆臀，头发飘起来，巨大的影子扑到我身上，我有了一种从来没有过的感觉，觉得遥远的东西扑面而来，我跟着影子站起来，她伸出手，我们抱在一起。她吻我，抚摩我。我跟着她的身子扭动。我说，咱们走吧，开房去，我想要你！她一把推开我，做梦！我变得更加狂热，上去紧紧抱住她，吻在一起。

服务生进来，问什么，我们都没有理会。我感觉到了在陌生人面前接吻拥抱的快感。我紧紧搂着小顺，希望进入她的身体。

门忽然推开了，一股凉风冲进来。小顺马上推开我。

一个脸色苍白的青年站在我面前，鬼一样阴森，尤其是他的眼睛深得像一口井。一瞬间，我有些紧张。但很快镇定起来，我想他大概就是使小顺痛苦的那个杂种。

今晚为了小顺，我豁出去了。

小顺的眼神又变成以前空洞的那种。

我愤怒、心疼，不管眼前这个人和小顺是什么关系，拿起桌上的面巾纸，给小顺擦汗。小顺粗暴地推开我的手。我听到一阵阴沉沉的笑声。

好体贴啊！那个青年说。

他拿起桌上的空酒瓶子，朝小顺脚下狠狠摔去。那一刻气氛紧张极了，我想我也得抄点什么家伙。

摔完酒瓶子,他拉开门走了。屋子里气氛缓和了点。我有很多话问小顺。小顺推开我,急急跟出去。

没有小顺的包间硕大无比,冷清至极。满地的酒瓶渣子,让我幻想中美好的中秋夜破碎不堪。

出了KTV,月亮已经升高,飘到了西边天上。街上空空荡荡,身后的KTV还有人唱歌,歌声粗野而没有章法,像一个濒临死亡的人在号叫。

我揣度那个人和小顺的关系,在包间的那一刻,我以为已经拥有了小顺,可是……

我不知道自己是怎样回去的。回去之后,又开始看《榴梿飘飘》,可是觉得节奏太慢太慢,怎样也看不进去。便放她的《单行线》,在忧伤而美丽的歌声中,我想立即就去看秦海璐的演唱会,然后年底结婚。我把小顺的玉佛拿出来,这个小玩意儿冰凉冰凉,没有一点表情。我后悔刚才没有还给她。

拨了一下刚才小顺给我打过来的手机号码,已经关机。

6

那个晚上,我梦见自己和小顺一起去一个陌生城市看秦海璐的演唱会,人真多,我们随着人群一直挤。小顺的身子紧紧贴着我,她的乳房柔软而坚硬,我的背上像天使长出了翅膀。整个演唱会精彩极了,我不停鼓掌,可小顺一直闷闷不乐。快散场时,到了高潮,人们都拼命尖叫。小顺的手机响了,她出去接电话。走的时候,她用忧郁的眼神看着我,我心里有些不安,但秦海璐太吸引我了。我朝她挥挥手,小顺一个人走了。

过了一会儿,小顺回来了,身后跟着那个脸色苍白的年轻人。我不知道他怎样忽然就立刻来到这里。我愤怒。小顺却仿佛回来只是向我告别似的。那个男的盯了她一眼,转身就走。她低下头,一句话也没有说,像一只绵羊,跟着他走了。

我忙站起来追。演唱会结束了,人流潮水一般往出涌。我像洪水中的一块浮萍,好不容易挤出来的时候,街上到处都是人,可是看不到小顺。

我忽然醒了。月亮落下来,外面像下了雪一样白。

第二天,把那只玉佛找出来,装口袋,准备一见小顺就给她。

打小顺手机,还是关机。

一整天,我都等着小顺来向我解释些什么。可是连个电话也没有。晚上,克制住自己不去迪斯科舞厅。

我开始见一个一个女的,离年底只有三个多月了。据说结婚是一件庞大的工程,需要准备很多东西,程序也很复杂。

我不知道秦海璐结婚了没有,觉得像她那样的女子,嫁个什么样的人都很容易,大概天下的男人愿意为她死的都很多。想到这里我有些惭愧,那天在KTV,为什么不拖住小顺呢?是怕那个碎酒瓶还是那个脸色苍白的年轻人?要是换成秦海璐,我一定会挺身而出的。或许,那天拖住她,这辈子就和她在一起了。现在我们两个正在筹办婚事。可是,我真的愿意和她在一起吗?

我摸摸口袋里的玉佛,给她打手机,关着。

天气渐渐冷了。城市好像褪了一层皮,变成灰白色。街上的人步履匆匆。

我看了很多女的,没有看到秦海璐,也没有看到小顺。

晚上睡在帐篷里,插着电褥子,还是刺骨的冷。我常常缩成一团,在黎明的时候冷醒。穿好衣服,去街上跑步。城市的早上和晚上完全不一样,迎着太阳,那些穿着橘黄色工作服扫大街的清洁工,满脸睡意卖早点的中年人,自行车骑得飞快上早自习的学生,都让人感觉到一种实实在在的生活,能给我这样的人一种蓬勃向上的力量,我因为早晨慢慢喜欢上了这个城市。

有一天,跑完步,我在街头一把椅子上坐下,忽然屁股湿了,纳闷这么早椅子上怎么会洒上水。然后看见所有的椅子上都湿漉漉的,草上也是湿漉漉的,才知道有露水了。已经过去很多天了。

那段时间,我每天给小顺打一个电话,好像例行公事,可是迪斯科舞厅一次也没有去过。我等她向我说些什么。我讨厌再见到那个脸色苍白的年轻人,更讨厌别人在我面前摔酒瓶子。猫儿他们来找我的时候,总是借口推开,自己一个人听秦海璐。人们给我带来一个又一个女人,她们几乎都来过一次就再不来了,我奇怪这么小个城市有这么多没结婚的女人。我忽然想哪一天,这些女的我都看过了,那该去娶谁呢?

年的脚步越来越近。甚至能感觉到年像一只大怪兽在后面追上来，能听到它气喘吁吁的声音和嘴里呼出腥臭的气息。

我对自己的坚持渐渐失去信心，我想秦海璐就像天上遥远的星星，永远也触摸不到。而小顺则像烈日下偶然进出的一滴水，已经消失得无影无踪。

7

外面冷得厉害，我准备在附近租个房子。

忽然羡慕起周围的那些人们。丈夫在外边守摊，妻子中午从家里带来热气腾腾的饭菜，然后丈夫埋头吃饭，妻子接下丈夫的生意和客人讨价还价。吃完饭，她把剩下的东西仔细带回去，喂家里的猪或狗。我想有个人和我一起卖水果，一起吃榴梿，空当里去看看演唱会或者大海。

开始留意出租门面房的信息，朋友们也帮我打听，但总是不很积极，有什么东西拖着我。

我老人一样蜷缩在冬日的阳光下，那些色彩斑斓的水果像罩了一层漆，坚硬无比。

终于有一天，房子租下了，而且先交了半年的租金。前面的房主把东西搬走之后，里面空空的，墙上贴着一张泛黄的乔丹画报，地上有几页旧报纸和塑料袋。我忽然想起了第一次见到小顺时她那种茫然的眼神，心又隐隐疼起来，觉得自己是否太固执了。

我去了西装店，告诉导购要结婚，让推荐一身西服。

那天晚上，我特意把自己打扮得整整齐齐，还第一次系了领带。吃过饭后,早早去迪斯科舞厅。在穿过门厅时,墙上的镜子里出现一个衣冠楚楚的人,那样陌生。台球厅前有一个头发金黄的小女孩嘴里叼着一根烟,和几个男的边打台球边调笑。他们见到我,都现出诧异的样子,我觉得自己更加陌生,像一个怪物。然后穿过散发着臭烘烘尿骚味的楼道,来到舞厅,里面还没有客人。灯光昏暗,吧台上的人像一个鬼魅。转角沙发蹭破了,露出里面的纤维。水泥打的地板也破了,里面的白灰走上去沙沙的。找一前台位置坐下,觉得自己和这里的一切格格不入。

人慢慢多了,大多是二十岁左右的年轻人。头发弄成彩色的,很多赤裸着上身,上面都是文身。也有女孩,都很年轻,眼睛里满是对世界的不在乎。我更加觉得自己和这里面的一切极不协调,要了啤酒,等小顺来。心里知道她要来也一定是在演艺开始的时候,但还是盼望她早早来。

乐曲放开了,那么多人挤上去,摇头、摆臀、提腿,下面更加冷清。

小顺快快来,心里默默祈祷。

好不容易到了演艺开始的时候,上台的是一个嘴唇厚厚的女孩,眼睛五光十色。想小顺可能是下一个。但这天晚上,一直没有见到小顺。

演出结束,跑去问老板。

老板说,那个女的有段时间没有来了,差点拆了我的台,还欠我的钱呢!

她总是缺钱，大概是去卖了。

说完这句话，老板大概有点得意，露出智者的那种笑容。我冲着他嘴唇狠狠揍了一拳，你妈才卖呢！

一大群人围上来。

我拿起一只酒瓶，在旁边柱子上磕了一下，举着瓶子茬，目露凶光。好像那个脸色苍白的年轻人附了我的身。

我认识你，你以前就和猫儿一起找过这个女的。这次不和你计较，你找到她让她赶紧把我的钱还上。老板边揉嘴唇边说。

出了舞厅，我就拨电话，小顺的手机仍然关着。

我去了地下电子城、KTV、火车站，都没有找到小顺。尽管事先知道小顺在这些地方的可能性不大，心里还是紧张和不安起来。而且随着一个一个地方的扑空，紧张和不安越来越厉害。想起小顺以前那种难言之隐的样子，忽然担心舞厅老板说的话变成真的。有了这种想法，预感居然越来越强烈。而且，我担心小顺在这个世界上消失了，每天有那么多失踪的人，电线杆、公交车站牌上贴得到处都是。

那天，我疯了似的到处找小顺。我后悔没有把她的相片拍下一张，后悔没有问问她住哪里，她的家在哪里？

天亮的时候，我决定去报案。

警察登记好，说他们会尽力的，并把我手机号留下。

回了水果摊，我心里还是不安，非常不安。想万一小顺有个三长两短，就太对不起她了。我甚至希望她傍个大款，远走高飞。

接下来的几天,我心不在焉。边抽空收拾租下的屋子,边盼望小顺像那次那样,突然给我打电话,说"我想吃水果"或者干脆从天而降。

手机一刻也不敢关,等她的消息。

房子终于收拾好了,那么小的一个屋子,用了好几天时间。我希望小顺到水果摊突然找我的时候,一下子能找到。而不是失望地发觉我走了。

我临走前,做了一个牌子,放在隔壁卖烟酒那儿,告诉她我搬到哪里了。

8

也许是天意,搬去出租屋的第二天。我接到了一个陌生电话,是警察局的。他们告诉我小顺找到了。

我欣喜若狂地奔去。

一眼看到小顺蹲在一群人中间,脸色苍白,眼睛完全无神了。

警察说,她正在吸毒,被我们抓住了。

我不相信这是真的。我要亲自问问小顺。

……

这是真的吗?真的吗?小顺。

小顺不看我,也不说话。

我想伸手去抓她。旁边的警察一把挡住。

你为什么要这样呢？为什么？说话呀！

小声点，看看这是什么地方。一个上了年纪的警察说。

我放低声音，好小顺，你告诉我到底是怎么回事呀？

一滴泪忽然从小顺眼角流下，掉在她前面的地板上。

我心碎了。你不要这样，我陪你戒毒，一切会好起来的。

警察说，以贩养吸，还有个男的。

小顺把头深深埋下去，露出的白皙的后脖子，上面有淡淡的茸毛。我觉得小顺是清白的，是那个男人害了她，是我害了她。

我后悔自己没有让她拿上我的车票去广州，后悔那天没有拖住她，后悔没有像个真正的男人把那个狗杂种教训一顿。

出了看守所，我好像站在地狱里。风魔鬼一样地拉扯着空中的电线，发出刺耳地尖叫，天空和大地都灰茫茫一个颜色。

回了出租屋，我扯下今天的日历。大寒。

不知道日子为什么过得这么快，不知不觉一年中最冷的一天到了，冬天的最后一个节令也到了。我要结婚，结婚，年底结婚。太冷了，我一个人一天也不能承受了。

更多的人给我介绍对象。

形形色色的女的涌到我的屋子，甚至还有四川、云南、湖北、浙江的，我以前的担心纯属多余，世界上那么多女的，怎么能看完呢？

但是，我没有见到一个像小顺那样眼神茫然的。从她们的眼里，我看到是赤裸裸的欲望，物欲、性欲。她们像会计专业毕业的一样，精打细算地和我讨论她们的未来。我觉得这和我漠不相关。

新年的钟声响了，一年就这样过去了。但旧历年还有几天，我决定去看秦海璐的演唱会，或许，路上能看到一个我喜欢的女人，赶在旧历年底还能结婚。

临走前，我去看小顺。警察说，探监的日子没有到，不能进去。

我买了一大包东西，托他带进去。

路上，我瞪大眼睛，希望碰到喜欢的女人。那个玉佛不时硌我一下。我想，小顺到底戴过这个玉佛没有？

富　贵

　　富贵三十岁那年，村里有人引回几个石楼山区的女人。有热心的人说："富贵，你弄一个吧。"富贵说："我都三十了，也不指望问本地的了，你去说吧。只要没病，越便宜越好。"富贵说这话的时候，一副很可怜的样子。其实富贵高大健壮、相貌堂堂，还有自然卷的又黑又亮的头发，只是皮肤有些黝黑和粗糙，这是生活给他的。在农村里，只要你一直干苦力活，谁都得变成这样。但富贵很穷。乡下女人知道漂亮不能当饭吃，所以富贵迟迟找不下媳妇。

　　富贵花了三千元钱，那群女人中的一个就成了富贵的媳妇。富贵的这个女人粗壮结实，长得也不丑，要说有特点的话，就是异于本地人的满嘴黄牙，便宜是因为她的年龄大，她说她三十岁了，看样子比这个还要大。

　　富贵有了媳妇，第一晚上就觉得女人真是个好东西。早上起床的时候，他说："我穷，但是我绝对饿不着你。你跟我好好过，我什么也不用你做，你只给咱生个儿子就行。"

富贵的娘很高兴,逢人便讲:"我娃有个媳妇了,像个男人过的日子了。"她一见媳妇就拼命擦眼睛,但眼睛里总有一片云雾状的东西,怎样也看不清媳妇到底是什么样子,她心里却认为自己儿子的媳妇是天底下最好的媳妇。

富贵这几天不出去钉鞋了,总是待在家里,围着女人瞎忙活,边忙边不时瞅瞅女人。女人不说话,也不笑,不生气,不主动干活。饭熟了吃饭,天黑了睡觉。富贵觉得自己的命还算好,村里其他人弄下的女人,听说不停地和他们吵,有的还想跑。富贵想自己的这个女人也许是年龄大了,也不指望什么了,所以愿意和他在一起过。想到这儿,富贵觉得自己占便宜了,花的钱少,女人还乖。

这样大概过了有半个月,家里的钱快没有了,富贵只好出去干活。富贵临出去前对娘说:"你把她照顾好。"她又对媳妇说:"你想怎样和我娘说。"富贵说完,骑着他那辆破自行车,上面挂着两个大帆布袋子,去鸟镇钉鞋。

富贵一走,娘心里有些紧张。她对媳妇说:"现在坏人多,富贵又不在,咱把大门关了吧。"说完,不等媳妇同意,她把大门从里面锁了,钥匙挂在裤腰带上,还不时用手捏一捏。媳妇坐,她就坐,媳妇躺,她也躺,媳妇上厕所,她跟在后面。媳妇进了厕所,她也跟进去。媳妇说:"你出去吧,要不我尿不出来。"这是媳妇第一次主动跟她们说话,富贵娘一下没有反应过来。媳妇又说了一句:"你出去吧,我不跑。"富贵娘出去了,心里却不停地琢磨这两句话,边琢磨,边不时把头探进去看一看。眼前白乎乎的,但能看见有个影子蹲在那儿。

富贵骑上车子往鸟镇走,心里却一点儿也不踏实,他害怕自己回去的时候媳妇不在了,只剩下娘。这样一想,脚下就快了,他想早去早回,挣个十来八块钱就行了。

到了鸟镇,富贵取出寄放在别人家的箱子,开始摆摊子。周围那些做其他小生意的人看见他出来了,都祝福他,说:"富贵娶媳妇了。"说得他心里暖乎乎的。

但这天的生意并不好,到中午时,富贵才挣了四块五毛钱。他再也没有心思等下去了,买了三块钱的猪肉,一块钱的韭菜,五毛钱葱、姜、蒜,急匆匆回家去。大门从里边锁着,他喊:"开门,开门。"门开了,他看见娘,看见媳妇,一颗心放肚子里了。

猪肉韭菜饺子就是好吃,富贵看见娘爱吃,媳妇也爱吃,他却舍不得吃了,他拣几个破了皮的吃了,专门喝汤。汤里漂着亮亮的油花,还有几丝绿绿的韭菜,又好喝,又好看。吃完饺子富贵对媳妇说:"你爱吃这个,咱们以后天天吃这个。"

娘刷锅的时候,媳妇也去帮忙,富贵很高兴。他想女人也是人,不管她是娶来的,还是买来的,只要对她好,她就也应该对你好,石头还能焐热呢,鸡蛋焐得厉害了还能生小鸡呢!富贵在她们刷锅的时候,又骑上车子去鸟镇,他一刻也没有歇,害怕把生意误了。

中午人们都在休息,街上人很少,富贵靠着墙壁微眯着眼睛,对面修车铺的两口子都回去吃饭了,儿子出来给他们看摊,小孩刚刚剃了头,头皮光光的,富贵想过去摸一下,就去了。他在小孩儿头上摸了一下,小孩骂了他句脏话,富贵并不生气。他想自己也快有儿子了,有了儿子,也把他的头发剃光,晚上睡觉就搂着他,软绵绵的,热乎乎的,要多舒服就有多舒服。

下午,有了生意,富贵就想晚上再买肉包饺子。但这个顾客只是鞋帮烂了,让他轧一下。富贵挣了五毛钱。再后来,好长时间没有生意,富贵心里有些急。以前他不这样,能挣多少算多少。后来又有了生意,断断续续地能接上,富贵心里踏实了。

傍晚,富贵去隔壁的小店寄放他的东西。店主开玩笑问:"富贵,不给媳妇买点好吃的?"富贵说:"割点肉,包饺子。"店主说:"这么迟了,哪有肉?"富贵说:"不会吧,肉还能卖完?"富贵存好东西去买肉的时候,肉摊果然早不在了。富贵想,肉也能卖完,他觉得卖肉比钉鞋好。他去熟肉店,买了两块钱的猪头肉。

以后的几天,富贵无论钱挣多少,总要买点肉。一天,媳妇吃完饺子后哭了。富贵心里很着急,问媳妇怎么了?媳妇呜呜咽咽地说:"我在这儿每天吃肉吃饺子,可怜我的娃娃们饭都吃不饱。"富贵问:"你的娃娃在哪里?"媳妇说:"在石楼。"媳妇果然有娃娃,富贵担心的事发生了。可是他要这个女人的时候,并没有提什么条件,他现在谁也不能怪。他一下子不知道该怎么办。

媳妇还在不停地哭,富贵打定主意,无论她怎样也不让她走，自己毕竟花了钱了。媳妇哭了半天，自己止住了。她说："你能让我回去看看我的娃娃们吗？"富贵不吭声。媳妇说："咱们两个一起回去，看看我就和你回来，行吗？"富贵不吭声不行了，他问："回一次你们家得多少钱？"媳妇说："两人的路费三百够了，剩下的你看吧。"富贵想了半天，说："你什么时候想走？"媳妇说："你同意了？"

富贵和媳妇回家的时候，心里忐忑不安，他不知道会发生什么事。他还心疼钱。

到了媳妇家，果然穷。半山腰上的一孔窑洞里，光溜溜的，只有两口大瓮，一个大炕，和一个做饭的灶。几个孩子穿得破破烂烂，见到女人回来都有些怯生生的，看到他们从包里掏出吃的，才一下子欢呼起来。富贵来前的担忧一下子没有了，他从自己的人造革皮夹克里捏出三十块钱，给了这三个孩子。

村里来了好多人看他们，富贵给男人们发烟，奇怪的是这儿的女人们也吸烟。他带的烟很快就吸完了，他去村里的小卖部买，货架上只有一块五毛钱一包的公主烟，剩下就是那种需要自己卷的莫合烟和兰花烟。富贵买了公主烟，心里又有些得意。有一个男人经常来，来了不说话，坐那儿不停地搓手，富贵给他烟他也不要，自己卷兰花烟抽。但他和孩子们很亲热，媳妇家的人对他也比别人好。

这里没有电，一到晚上，人们就早早睡了。他们都睡这大炕上，娃娃们争着和妈妈睡。热闹是热闹，可是富贵什么也不能做。他觉得这种热闹是别人的。

　　过了三天,富贵悄悄和媳妇说:"咱们走吧?"媳妇说:"再住几天吧。三百块的路费都花了,还不多住天?"又住了三天,富贵说什么也不想待下去了。他说:"咱们说什么也得回了,你以后要是还想回的话,就顺顺利利跟上我回吧。"媳妇不痛快,但是答应了。她说:"咱们回,我能不能带一个孩子,我在那边怪闷的。"富贵没有想到媳妇提出这么个要求,他想拒绝,又怕媳妇不高兴了不跟他回家。便想无论怎样先得把媳妇领回去。他说:"带一个行,但不能带男的。"媳妇便把最小的闺女带上了。

　　回去以后,富贵细细算了一下,连路费花了七百四十二块三毛钱,他觉得自己要白辛苦两个月了。

　　第二天,富贵出去的时候和媳妇说:"我中午不回来了,你和娘吃饭吧。"一上午,富贵都在心疼那七百多块钱。中午时,他没有回家。他想,媳妇可能给他送点饭来。但是等下午街上的人多起来,媳妇连口水也没有给他送来。不过,中午富贵也不是白过了,他给人粘了一副鞋底,挣了一块钱。

　　晚上回家的时候,富贵什么也没有买。他回了家,家里还没有做饭。媳妇领来的那个女孩坐在小板凳上看动画片,看见他进来,站起来牵了妈妈的衣角不敢动。富贵说:"做饭吧。"说完,啪啪乱换着电视频道。媳妇领着娃娃做饭去了。

　　这天晚上,富贵和媳妇睡在一起,让小女孩和他娘去睡。媳妇想说什么,看了看富贵,什么也没有说。灯拉了之后,富贵不说话,只是狠狠地用劲。媳妇说:"你慢点。"富贵狠狠用劲。

　　天气越来越凉，中午富贵仍然不回家吃饭，用一个罐头瓶向周围的人家讨些水喝。顾客给的每一张零钞他都用手绢仔仔细细包起来，放在贴身的口袋里，再用手按按。

　　冬天了，天上常积满大片大片灰色的云，有时天空没有云也是空空荡荡一片灰色。树上的叶子都掉光了，树干树枝的颜色也变成冷硬的浅灰色，和周围的建筑物成了一种颜色。所有的人都只有一个感觉，冷。街上所有的店铺都生了炉子或烧上暖气。富贵还是每天早早出来，坐在那儿等生意。他碗里蘸刀子的水已经结了冰。他坐在那儿，等上好长一段时间，太阳才会从对面房顶的屋脊上爬上来，照在他身上。这时，他的生意也慢慢来了。人们问："富贵你冷不冷？"富贵用手擦擦鼻涕，说："不冷。"

　　人们的衣服越穿越多，但天还是一个劲地冷。好多时候，从街道的东边能一眼望到西边，冷冷清清的街上只有几个小摊，摆小摊的人却早躲到附近的商店里了。富贵还是守着他的摊子，他把铺在膝盖上用来干活时衬鞋的那件肮脏不堪的衣服也裹在了身上。这时的生意都集中在中午前后这段比较暖和的时间。但富贵还是早来迟回，固执地守着他的摊子。他常常在没有生意的时候，用收拢来的废纸、塑料袋、烂胶皮在前面点一小堆火，把手和脚放上去烤。这些东西燃烧的时候，散发出一种很难闻的气味，匆匆路过他摊子的人们会说一句："富贵你放毒。"生意来了的时候，富贵一脚把前面的火踩灭，火灭了，烟却还在，而且比火着的时候更多了。钉鞋的人在这种天气往往不会坐在他前面的板凳上等。他们把鞋脱下来,换上富贵准备的拖鞋躲到附近的店铺里等。或者把要钉的鞋放下,过一会儿来取。

那天过来一个人,却把鞋脱下,边让他钉鞋边坐在凳子上等。等的时候他一个劲地喊冷。鞋钉完了,他却不给富贵掏钱,还一个劲地说着什么。后来,富贵从怀里摸出那个手绢,从里面取了二十元钱给了那个人。那个人接过钱,缩着脖子走了。

富贵生气地和人们说:"找我借钱?"人们说:"他借上你的钱还吗?"富贵说:"还个啥? 料子鬼。"料子鬼是鸟镇人们对吸毒的人的统称。人们问:"你不能不给他?"富贵说:"你不给他他欺负你呀,这种人。"人们说:"你这一天白受了。"富贵说:"两天也挣不回来。"

人们衣服穿得最多的时候,腊月到了。一进腊月,还是很冷,但街上却很热闹。当街写春联的,画窗空的,挂年画的,亮鞭炮的,现杀猪羊的,卖鸡肉带鱼鲤鱼的,卖蔬菜衣服玩具的……

阴历二十一晚上,下了场雪。

第二天早上每家店铺门前都在扫雪。人们把扫好的雪一倒,就开始做生意了。只剩下街中间的一道,没有人管,屋脊似的。街上的人不因为前天下雪变少,而是更多了。街中间的雪被人踩,车压,很快变成黑黑的一片,冰一样硬。

十点多的时候,富贵的媳妇出来了。她站在富贵的鞋摊边等着，她耳朵上带着金耳环、脖子上带着金项链。四周都是雪，被太阳照得亮晃晃的，她的这些金首饰格外耀眼。

富贵忙完手里的活儿，就和她朝街西边走了，摊子让别人给照看一下。

时间不长，富贵和他媳妇从西边回来了，拎着猪肉、羊肉、鸡腿和一身新衣服。富贵还是坐下来钉鞋，媳妇拿上东西回去了。

第二天，富贵出来得比以往迟，而且脸色很不好看。人们问："富贵，你是不是病了？"富贵骂了句脏话，说："昨天买下的肉都让人偷了。"富贵说他怕把肉放屋里热，坏了，放在外边，早上起来就不见了。那天，富贵嘴里不停地嘟哝着脏话。人们问他："那你再买不买了？"富贵说："哪能不买，一年才过一次年，媳妇还是头一年。"这天回家的时候，富贵又买了块肉，比昨天的少多了，而且只有猪肉。

临近春节，什么生意也好。富贵也不例外，找他钉鞋的人特别多。富贵经常从早上一出来就忙到晚上，中间也不歇口气。但富贵的脸色却一天比一天不好，有时额上还有汗珠。大冬天，他的脸不是发白，而是发黄。

已经持续了几天好天气，街道中间的那溜冰一到中午就开始融化，流下些弯弯曲曲的水渍，它们看起来像一只巨大的蜈蚣。屋檐上的冰到中午也化了，滴滴答答往下掉，像一只只沙漏。

腊月二十九，家家店铺都在贴对联。富贵帮他寄放东西的店铺贴对联。大红的对联给富贵蜡黄的脸洒上了一丝喜气。他说，肚子疼，明天就不出来了。

大年一过，店铺陆续开张。富贵却没有出来，过了正月十五，还没有出来。人们说富贵病了。什么病？人们都不知道，人们都有各自的忙的。

整整一个正月过去，二月过去，富贵才出来。脸还是有些发黄，身子明显瘦了，衣服足足大了一号。他没有穿过年的新衣服，也没有换春天的衣服，还是去年冬天的那身衣服，天气已经转暖，那身衣服穿在身上好像他还待在冬天。人们从他嘴里知道他得的是肝炎。

富贵以前就沉默寡言，现在大概担心别人害怕自己的病，更是不和人说话了。中午，他还是不回去，没有生意的时候，靠在墙上打盹。也不向人们讨水喝了。习惯给他水的邻居问："富贵，不喝水？"他说："喝。"但不像以前那样进去自己倒，而是把杯子放在地上，让人们给他把水舀出来倒他杯子里。人们从来不见他中午吃东西，劝他："你刚病好，中午回去吃饭吧！"富贵摇摇头。人们说："你给谁攒钱呢？饿了买个饼子吧。"富贵摇摇头，说："习惯了。"人们埋怨他的媳妇，说："娶上媳妇你干啥呢？让她中午出来给你送饭呀！"富贵摇摇头。但是人们说："富贵，我家有碗面，你吃了吧。"富贵点点头。人们说："富贵，我上事宴带回几个糕，你吃了吧。"富贵点点头。

春天过去日子更长了，富贵还是那样，人们给吃的吃点，没有人给就坐在那儿打盹。但他的气色却一天天好起来。脸色不再发黄,又变成以前那种黝黑的了。

忽然,有一天,富贵出来给人们发糖,原来他有儿子了。细细一算,富贵有了媳妇已经一年多了。从那以后,富贵的气色一天比一天好,一天比一天精神。他开始大声和人们说话,有时还开开玩笑。

又过了三个多月,富贵把他的儿子领了出来,又白又胖的一个小孩子,见人逗他就笑。后来,富贵带来一个筐子,他把自己的儿子放在筐子里,还有奶瓶、尿布,一大堆东西。富贵一没有活儿的时候就逗他的儿子。人们问:"富贵,怎么不见你媳妇了?"富贵说:"回娘家去了。"人们问:"你没有和她回去。"富贵说:"俩人一起回路费太多。"人们问:"你不去,不怕她不回来。"富贵不说话。他的儿子已经会笑了,咯咯的一笑有两个酒窝。

过了一段时间,富贵的媳妇回来了,变得有些黑瘦。她想去公路上的饭店里打工,富贵不让去,说那些地方不干净。

富贵仍然钉鞋,中午不回家吃饭。富贵的媳妇每年八月十五前回家待一个多月,这段时间正是秋收的时候。媳妇回的时候把富贵前半年的积蓄都带上,秋收完了就又回来了。听说富贵的媳妇在那边还有一个家。人们说:"富贵你真傻。"富贵不说话,富贵的儿子一天天在长大,已经会笑,会跑,会叫爸爸,会把椅子搬过来让他坐下……

放　生

　　儿子四岁的时候,在兴华街上看到三个穿着僧衣的尼姑,惊奇地问朱青,世界上真的有尼姑吗? 朱青乐呵呵地回答,有啊! 这样的问题,儿子三岁的时候问过一次。那次他问,世界上真的有蝙蝠吗?

　　那个时候,朱青偶尔还读读南怀瑾的《金刚经说的是什么》之类佛教方面的书。出门旅游,见到寺庙,也进去拜佛烧香。

　　那个时候……

　　茶几上的那串香蕉颜色渐渐变成深黄,长起黑斑,黑斑一天天增加,后来房间里弥漫着一股香蕉腐烂前浓郁的香气。再后来一些汁水从香蕉里慢慢流出来,茶几上出现几只乌黑的苍蝇。

　　朱青把黑乎乎的香蕉连同盛它的盘子一起扔到垃圾桶里,苍蝇也不见了。

　　晚上十二点半的时候,朱青关了灯。迷迷糊糊中觉得香蕉上的那些黑斑长到了他的手上。他记得扔香蕉的时候,右手扒拉了一下那串香蕉。那些香蕉上的黑斑从他手上一直蔓延到胳膊上,然后朝脸上蔓延开来,全身感觉不到任何疼痛,可是脸上的黑斑越来越多。那黑色乌沉沉的没有一丝光亮,像一段在水中浸泡久了的木头。

这时门轻轻开了,门口有个男人的声音说了几句话,然后离开了。朱青醒来,听见宋缭熟悉的脚步声。他伸手摸了摸儿子,还在熟睡。宋缭在卫生间待了一会儿,里面传来水流的声音。朱青看见客厅里透出的灯光,他没有动。宋缭从卫生间出来,客厅里的灯灭了,她没有回他们的卧室,而是去了隔壁儿子的小床上。朱青睡不着了,闻见香蕉腐烂的气味不停地从客厅里传过来。

第二天早上,朱青醒来的时候,看见儿子躺在床上看书。他轻轻地对儿子说,你妈妈回来了。真的? 孩子一下蹦起,套上裤子就往外边跑。

过了一会儿,朱青听见儿子和宋缭说话的声音,他开始慢慢穿衣服。然后打开窗户,天非常蓝,是这个城市很少见到的那种非常纯净的蓝,和当年朱青和宋缭待在乡下时看到的蓝一样。

朱青深深吸了一口气,他感觉香蕉的气味闻不到了。

他到楼下买了一笼包子、四根油条、三杯豆浆。付钱的时候,又买了一份豆腐脑。

朱青按门铃的时候,儿子跑过来给他开门。他惊喜地说,爸爸,我和妈妈说好了,咱们今天一起去放风筝。朱青点了点头。

一段时间没见,宋缭身上穿着一件朱青从来没有见过的黑色薄羊毛衫和一条颜色发白的牛仔裤。朱青微微皱了皱眉头。当他看见门口宋缭昨天穿回来的那双鞋仍然是他以前和她一起买的那双棕色牛皮鞋时,他吁了口气。

吃饭的时候,宋缭不说话,朱青也不说话。儿子喝了半碗豆腐脑,又要喝豆浆,让宋缭给他取些白砂糖。宋缭站起来去厨房给儿子取白砂糖。朱青发现宋缭一回来,儿子就好像变小了。

收拾完饭桌的时候,儿子说,走吧,咱们去放风筝。宋缭说,我要洗衣服,很多衣服要洗。儿子噘起了嘴,说早上不是说好了吗?朱青说,下午去吧。儿子看了看朱青和宋缭,拿了一本书进了自己房间,砰一下把门关上。

宋缭把家里的床单、被罩、窗帘、沙发罩都拆下来。她干这些活的时候,朱青在一边默默帮忙。偶尔抬头看一下宋缭,宋缭没有多少表情。宋缭把这些东西放到洗衣机里,朱青给洗衣机加水。每洗完一件,甩了的时候,朱青和宋缭一起把东西撑开,挂在阳台的晾衣竿上。不一会儿,阳台上晾满了东西,房间里一下多了些清凉的气息。宋缭从卫生间拿了两个塑料盆,接在这些东西下面。她以前就是经常这样做的。一滴滴水珠从布料上坠下,滴到盆里,溅起一朵朵小小的水花。没有接盆子的地方,直接掉在花白色的地板砖上,不一会聚集了一摊水渍。

接下来,宋缭打开背回来的包,拿出自己换洗下的衣服。

朱青看到这些自己熟悉的衣服,鼻子有些发酸。宋缭把内衣泡到盆里的时候,忽然问,你有洗的吗?这句以前非常熟悉的话,让朱青觉得有些尴尬。他说,我自己洗吧。宋缭喊儿子,问他有没有洗的衣服。儿子懂事的从房间出来,说爸爸给我洗了。宋缭抬头看了朱青一眼。以前在家里,所有的衣服都是她洗。宋缭开始用手洗自己的衣服。朱青说,中午吃饺子和排骨吧,就他和儿子在的时候,担心炖上排骨吃不了放坏,儿子早馋得不行了。朱青和好面,用笼布盖好。去了菜市场买了二斤排骨、半斤肉馅,又买了一块冬瓜和一些韭菜、葱姜蒜。

朱青回了家,宋缭还在洗衣服,儿子看电视。又演《喜羊羊与灰太狼》。朱青想不通为什么中国不断拍这种弱智的东西,两只大灰狼几年了也没有吃掉一只小绵羊,而且狼总是斗不过羊。朱青觉得这个动画片好无聊,可是儿子喜欢。

朱青把葱姜蒜、韭菜切好,排骨放锅里。排骨散发出香味的时候,宋缭的衣服洗完了。由于阳台上晾的那些东西还没有干,宋缭只好把洗好的衣服暂时放在脸盆里。宋缭擀饺子皮,朱青包,和以前一样。宋缭擀得比朱青包得快,朱青怕把擀好的饺子皮塌住,不时翻一下,撒点面薄,但是有几个还是粘在了一起。朱青揭不开,只好把它们揉成面团,交给宋缭重新擀。儿子听到他们包饺子,把电视关了,过来帮忙。朱青说,你看电视去吧。宋缭马上反着说,别老看那玩意儿。朱青心里有点不痛快,不说话了,只是包饺子。儿子也拿起一个饺子皮,看了看朱青问到,妈妈回来你应该高兴,为什么绷着脸不说话?

朱青没有回答,宋缭也不吭声。

吃饭的时候,儿子十分高兴,大声喊,今天吃大餐喽。朱青心里不是滋味,苦笑了一下。他看见宋缭的眉梢动了一下,脸还是绷着。儿子给他们两每人夹了一大块排骨,自己去吸一块带骨髓的骨头。

儿子问,爸爸,你今天不喝点酒,你不是一吃好的就爱喝点酒吗?朱青说,不喝了。儿子说,咱们吃完饭去放风筝。朱青说,好。

快要吃完饭的时候,刮起风来。儿子仍旧兴高采烈。他找出去年买下的那只风筝。自从去年清明节前放过几次,一年没放了,风筝上面都是土,横插在中间的那条细塑料棍怎样也找不到了。儿子说,怎么办呢?朱青说,到了外边找根小树枝或竹棍插上看行不行。宋缭说,去五金店看有没有卖细铁丝的,买一根安上。朱青看了宋缭一眼,想换上细铁丝风筝还能飞起来吗?但他什么也没有说。他打算不再反驳宋缭说的任何话,以免引起争吵。他们出门的时候,风刮得大起来,能听见呜呜的声音。宋缭说,风是不是有点大?儿子说,走吧。朱青带头出门。来到五金店门口,宋缭领着儿子进去买铁丝了。朱青没有进去,他望着马路对面的浦发银行,电子屏幕上面显示着利息又降了。朱青想,这和他有什么关系呢?他的目光掠过浦发银行,看到一幢幢大楼一排排竖在一起,上面密密麻麻趴着许多虮子似的空调。他没来由地感觉十分压抑,禁不住想如果站在这些楼顶上放风筝,风筝会飞多高呢?想到这儿,心情舒畅了些。

宋缭和儿子从五金店出来,没有她们要的那种铁丝。809公交车驶过来,他们一起坐上,往胜利桥走。

车上有一个空座位,朱青和宋缭让儿子坐下,他们一前一后扶着椅背站在儿子旁边。每次车出站或进站的时候,车身晃一下,宋缭的身子往朱青这边倒一下,脸就凑得离他近一些。朱青看到十几天没见,宋缭脸上的雀斑好像多了几个。后来,儿子后边有了一个空座位,朱青让宋缭坐下。隔着车玻璃,他看见一个穿橘黄色衣服的清洁工扫起一个方便面袋,风一下又把它从簸箕上卷走了。

到了胜利桥东的时候,小公园里许多人在放风筝,广场上一些年轻夫妻领着孩子玩体育健身器材。公园边上,有三四个卖风筝的人,并排摆着一溜风筝。

儿子指着公园另一边说,我想去那儿玩玩。朱青和宋缭跟着孩子往那边走去。朱青低头看见地上掉着一根风筝中间横插的那种塑料棍,他捡起来说,这儿有一根棍儿,挺长的。听到他的声音,跑到前边的儿子赶紧跑回来。几个卖风筝的都朝朱青手中的塑料棍看,好像这根塑料棍是他们不小心掉了的。儿子跑过来,接过朱青手中的塑料棍,高兴地说,咱们可以玩风筝了。可是仔细看了一下,沮丧地说,烂了。朱青拿过小棍,刚才没有仔细看,这根塑料棍中间部分烂了。他皱了皱眉头,拿起风筝比画了一下,把塑料棍折下一截,安在风筝上,刚一松手,安好的塑料棍就掉下来。儿子嘟囔着嘴说,不能玩。朱青说,换一根新棍吧,看那儿卖不卖新的。他把风筝给了儿子。儿子看了一眼朱青,然后对宋缭说,妈妈你陪我去吧?

宋缭和儿子一起朝卖风筝的走去。朱青握着扭腰盘的圆盘旋转,他听见自己的腰部吱吱响着,像一卷老化的牛皮,在缓缓展开。对面一张木头椅子上有两个学生模样的年轻人,女生脸冲男生坐在他腿上,两人紧紧抱在一起。朱青觉得有些不堪。他想起十几年前的自己和宋缭一起待在一个小镇上,没有这种公园,也没有他们这么大胆子。朱青经常用自行车拖着宋缭走过小镇的那个石头拱桥。每次上桥的时候,宋缭就会紧紧搂住朱青的腰,下桥的时候,又紧紧搂住他的腰。桥下是一条清亮的小河,总有人在河边洗衣服。河边有一座废弃的观音庙,他们从来没有去过。

朱青的目光越过这两个男女,看见一对对父母领着孩子在那些体育器材上面玩,他们五颜六色的衣服在风中像一只只风筝。

过了一会儿,儿子跑过来,举着风筝说,有棍子,弄好了。宋缭跟在他后面。

他们进了公园。看见一只风筝挂在树杈上,一个肥胖的男人撅着屁股爬到树上取它。树枝直颤。朱青害怕他掉下来。他没有掉下来,努力了几次,踮起脚尖把风筝取下来。

朱青他们选了一处较为空旷的地方,开始放风筝。风乱刮,儿子的风筝一下就飞起来。可是每次飞不了多高,然后一头栽下。而别人那些已经飞得很高的风筝,仿佛不受地面这点风的影响,越飞越高。风筝又一次栽下来的时候,朱青对儿子说,我帮你放吧?他接过儿子手中的线轴,迎着风开始跑,儿子跟着他后边举着风筝跑。他们的风筝渐渐飞了起来,飞过了附近的树梢。儿子接过线轴,高兴地放起来。儿子放了一会儿,懂事地对宋缭说,妈妈你放吧?宋缭说,我不喜欢放风筝,你放吧。朱青张了张嘴,话到嘴边改口了。他说,爸爸陪你放。一会儿,风筝飞得和那些先前飞起来的风筝一样高了。

朱青看见宋缭蹲在一株松树下,玩一只黑色的松塔,一群黑色的蚂蚁排成一条细线朝她爬去。他不知道为什么这些蚂蚁会朝她爬去,走过去。看见宋缭把一颗融化了的糖放在地上。一只蚂蚁已经爬到那颗糖上。朱青不清楚那颗糖为什么会融化,看宋缭的时候,她嘴里正嚼着另一颗糖。朱青觉得自己胃里有些难受,然后他闻到了那股熟悉的香蕉腐烂的气息。

朱青向儿子走去。宋缭站起来跟在他后面,对儿子说,时候不早了,咱们回吧。儿子开始收线,风筝越来越低。这时朱青看见另一只风筝随着风朝儿子的风筝飘过来。他冲着儿子喊,小心!儿子听见他的话,拉着风筝朝另一边躲去。然后朱青看见风筝的线被树梢挂住,风筝一头栽下来。朱青说,我让你小心不要缠着。儿子委屈地说,我小心躲那个风筝,可是这儿有棵树。儿子边说边用劲拉风筝,风把风筝和树枝吹得乱动。朱青跑过去,风筝线已经和树枝缠成一团了。他接过线轴,想把它的线绕开,可是绕了半天,线和树枝缠得越来越乱了。朱青望望儿子,儿子正眼巴巴地看他。朱青猛一用劲,风筝的线扯断了。没有线的牵制,风筝呜呜响着像要飞走。朱青想,或许风能把风筝吹下来。他仔细往轴上缠那条断了的线。儿子喊,妈妈,风筝架树上了。宋缭过来。风筝还在响着,没有被吹下来。朱青拾起一块石头,说你们闪开点。宋缭说,别这样扔,看砸着人。朱青大声说,你们闪开点。他把石头朝挂着风筝的树梢丢去,几次看见要打中了,但没有打中,石头重重落在地上。

　　一个遛狗的老人过来,望着树上的风筝对朱青说,每年都有许多风筝挂在树上取不下来。朱青朝四边的树看了看,除了这只,树上没有其他风筝挂着。那只狗从儿子身边跑过,儿子吓得跑到朱青身边。狗跑到一棵树下,翘起一条腿撒尿。狗撒完尿,又朝前跑去。朱青自言自语道,为什么遛狗的人都不如狗漂亮,不如狗健壮?宋缭冷哼了一声。儿子听见朱青的话,说,爸爸不准你侮辱我们人类。朱青苦笑了一下,又捡起石头朝树梢扔去,每次石头不是擦着树梢过去,就是快到树梢的时候掉下来。朱青说,儿子,爸爸没力气了,我爬上树给你取吧?宋缭说,咱们要不回吧,别弄了。儿子说,爸爸,我上去,我身子轻。朱青望了望宋缭和儿子,特别想把风筝取下,便朝儿子点点头。宋缭说,不要够了。她说完这句话时候,风好像更大了,树枝摇摇晃晃的。儿子没有理会宋缭的话,走到树前,开始往上爬。朱青候在旁边,准备帮忙。

　　树还没有发芽,朱青不知道它是一棵什么树,只是看见它的树干发白。

儿子两只胳膊抱住树,两条腿缠在树上,一用劲,朱青听见衣服磨在树上发出嚓嚓的声音。他想要是把衣服磨破了,买条裤子比只风筝还要贵。但朱青没有阻止儿子。他喊小心点,儿子继续往上爬去。儿子爬到树杈上去了,他的手和胳膊抖得厉害,仿佛不受他的控制了。朱青喊,害怕的话你就下来吧。儿子说,我不怕。说完踩住树杈继续往上爬。树枝在风中晃来晃去,好像要把儿子摔下去。有一瞬间,儿子把身子紧紧贴住树干,两只手紧紧抓住树枝,一动也不敢动。朱青看着宋缭。宋缭喊,下来吧,不要够了。儿子歇了歇,身子又蠕动起来。他又往上爬了两三个树杈,仿佛一伸手就可以够着风筝了。这时树枝晃动得更厉害了。朱青觉得儿子随时都会踩断树枝掉下来。他喊,下来吧!儿子又歇了歇,伸直身子朝风筝够去,朱青听见树枝仿佛发出断裂的声音。只差那么一点点,大概只有一寸,儿子就够着风筝了。朱青想,今天要是不刮风,可能就够着了。儿子又试了一次,还是只差那么一点点。朱青和宋缭都在喊儿子下来。在风中,儿子可能听不清。他小心折下一截树枝,然后拿着它一下就够到风筝了。但是风筝线缠在树梢上,弄不下来。儿子把树枝插在风筝线中间,用劲搅起来。朱青听见"啪"的一声,风筝线断了,风筝从树上飞起来。然后朱青看见儿子脚下的树枝断了,他的身子朝下坠去。朱青往前跑去。宋缭大喊。儿子想抓住点什么,可是树枝太细了,他抓住两三根都马上折断。扑通一下,他掉在地上。

朱青和宋缭尖叫着扑过去。朱青看见儿子头上流血了。

他试着把他扶起来。儿子往起一站，马上疼得哭起来。朱青想儿子脚腕可能脱臼或者骨折了。他扶着儿子坐到地上，脱下他的鞋和袜子，看见脚腕那儿一片乌青，却没有肿起来，心里稍微感觉好了些。这时宋缭喊，血！朱青看见儿子的大腿、胳膊上都是血。他瞄了宋缭一眼，看到宋缭眼睛里闪现出惊慌的神色。自从她信了佛，好像还从来没有见过她有这种神色。

儿子哭了几声，咬住嘴唇不哭了。他说，爸爸，你快把风筝捡回来。朱青哽咽了一声，跑着捡风筝去了。他取回风筝的时候，看见儿子对宋缭说，妈妈你不能出家，我不想咱们家有个尼姑。宋缭忍不住哇的一声哭了，抱着儿子说，我哪儿也不去，我再也不离开你们了。朱青抱儿子，让宋缭到路边拦出租车。

这时朱青看见树上真的挂了风筝，两个，一个是黑色的老鹰，一个是猪八戒。树下没有人，它们的主人不知道哪里去了，它们孤零零地在风中呼呼响着。

朱青望着儿子手中的风筝，仿佛看见这些树上挂满了各种各样的风筝，有蜈蚣、燕子、龙、哈利波特……它们挂在这些树上，随着春天到来，与树木碧绿的叶子、五颜六色的花朵一起生长、绽放。然后随着风吹、日晒、雨淋，不到秋天就风化成一堆破塑料纸，最后什么也没有了。

儿子拍了片子，脚腕骨折了。敷药后，需要在家里静养一段时间。

三人出了医院，儿子脸色还是有些苍白，朱青觉得这是儿子刚才受了惊吓招致的。他拍了拍儿子的头说，咱们去吃火锅怎样？儿子一下开心了。说，咱们好久没有吃火锅了。一家人热热闹闹凑一起吃火锅多好啊！你说，妈妈？宋缭点点头。朱青和宋缭领着儿子来到以前经常去的临江门老火锅店。许久时间没有来，店里重新装修了，看起来像新开的。人还是那么多，热气腾腾地弥漫着熟悉的味道。他们选了一张小桌子，穿红衣服的服务员过来，工作服还和以前的一样，但这个服务员年龄很大，一看就不是以前的那些服务员。他们点了两个清汤锅、一个麻辣锅，两份羊肉、一份粉条、一盘蔬菜拼盘、一盘豆腐、一盘土豆片、一盘木耳，两份麻酱小料。儿子喜欢不蘸小料吃。锅也换了，以前的不锈钢小锅换成了景德镇瓷锅，看起来更加高档。

一切感觉很熟悉，但又觉得陌生。

锅开了之后，儿子夹了第一筷子肉，马上大叫好吃。宋缭也夹了一筷子，朱青长出了一口气，看见宋缭好像比以前瘦了。

回家的时候，打了一辆车。儿子满足地把头靠在宋缭身上，竟很快睡着了。

朱青每天去上班，宋缭在家陪儿子。朱青下班回家，看到屋子里总是干干净净、整整齐齐的，心里很舒坦，便不时买些排骨、猪蹄之类的东西回来，让儿子长骨头。儿子的气色越来越好，有一次竟说，骨折了真好，可以每天让妈妈陪着，而且不用上学，还可以吃好的。朱青说，你得好好把功课补上，别不去学校，什么也忘了。儿子说，晓得，老妈每天教我呢！朱青忽然有个闪念，让儿子就这样待在家里，宋缭教他功课，但马上觉得不行,人需要过集体生活,尤其是孩子,而且功课会越来越难,必须靠专业的老师。

有一天,朱青回家刚一开门,马上闻到一股久违的上香的味道,然后听见诵经声。宋缭盘腿坐在床上念经,旁边放着念佛机,香炉里冒着袅袅的青烟。儿子蹑着脚在墩地。朱青的脸一下冷了,他噼里啪啦放下手中的东西,开始洗菜,弄了一地水,然后重手重脚地剁辣椒。儿子问,爸爸你咋了?妈妈每天在家闷得慌,想念念经。我的脚已经不疼了。说着他还把那只受伤的脚伸出来展示了一下,表示真不疼了。朱青把辣椒剁好,又用劲拍蒜。宋缭关了念佛机,过厨房来帮忙。朱青说,不用你忙。他从塑料袋里掏出一条鱼,放进水盆里。鱼畅快地试着游了几下,尾巴一拍,水花溅在朱青脸上。朱青从水里恨恨地捞起它,放在菜板上,用菜刀狠狠地敲它的脑壳。鱼很快不动了,嘴角流出一丝鲜红的血。

剁椒鱼头做好之后,宋缭已经把餐桌收拾干净。辣,真辣!儿子夹了一口鱼,皱起眉头。宋缭没有吃鱼,吃上顿剩下的一盘长山药炒木耳。你们真难伺候!朱青把筷子一甩。儿子马上带着哭腔说,爸爸,我吃,我不嫌辣。他大口大口吃鱼,一不小心被鱼刺卡了一下,大声咳嗽起来。宋缭站起来舀了一勺醋,递给儿子说,用醋送一下。儿子喝了一勺醋,鱼刺送下去了,但再也不敢吃鱼了。朱青自己大口吃着,嘴里火嗡嗡,胃不停打嗝。他想今天的辣椒怎么这么辣啊!

一顿饭吃完了,鱼还剩下半条。

　　朱青收拾桌子,把半条鱼都倒垃圾袋里。儿子说,爸爸,还剩那么多,怎么就倒了呢? 朱青说,太辣了。朱青拿着半条鱼去院子里扔给猫吃,宋缭冷冷地看着他,不说话,也不动。朱青收拾完桌子,打开电脑玩游戏。宋缭忽然说,你整天玩这有意思? 朱青火了,把鼠标在桌子上重重拍了一下说,我忙了一白天,累得要死,晚上玩玩这还不行吗? 宋缭说,谁不累,玩这就能休息好? 你干脆和电脑过去吧。儿子哭了,他说,爸爸妈妈你们不用吵,我明天就去上学。宋缭哼了一声,拉着儿子去了另一个房间。朱青把电脑关了,脑子里乱哄哄的,不知道该干什么。最后,他拿出上次喝剩的半瓶酒,找了几颗生花生米,喝起来。

　　第二天,朱青去上班,儿子挣扎着要去上学,宋缭背了一个包,说自己要找工作去。

　　一整天朱青头昏脑涨,晚上接孩子回了家,屋子里黑乎乎的,宋缭还没有回来。打她电话关机了。朱青做好饭,辅导儿子写完作业,宋缭还没有回来。他和儿子吃了饭,打开电脑,想了想,又关了。晚上九点多的时候,宋缭回来了,一脸疲惫。朱青忙把饭热好,端上来。儿子问,妈妈你找到工作了吗? 宋缭冷笑了一下回答,会找到的。朱青示意儿子不要再问。宋缭吃完饭,朱青忙去收拾餐桌。他边拿宋缭吃饭时用过的碗,边说,你不用找了,家里也需要你。宋缭冷哼了一下,我可不敢坐着吃白食,让你白养活。说完,她拿起自己用过的碗筷,去了厨房。

接下来的几天，宋缭每天去找工作，回来时脸色总不大好看。朱青和儿子都小心翼翼地。朱青后悔让老婆出去找工作。

一天，宋缭忽然说自己找下工作了，卖冬虫夏草，一个月保底工资八百元，另加提成。朱青望着宋缭有些疲惫而又兴奋的脸，想这算一份什么工作呢？尽管他在街上看到过几家卖冬虫夏草的，但里面好像永远没有顾客，他不知道谁会买这种玩意儿，也许都是那些送礼的人。朱青默默帮宋缭热好饭，等她吃完的时候说，其实你不工作也可以，孩子和家务都需要人。宋缭满不在乎地说，咱们各干各的，家务谁愿意做谁做。朱青想不到宋缭会这样。他想和宋缭认真谈谈，但宋缭打开念佛机，听《心经》。朱青又打开冰箱，往出拿酒，忽然想起昨天喝完了。他穿起外套，把钱夹放口袋里，一会儿搬回一箱子酒。

朱青开始每天接送孩子，他像一个钟摆，被牢牢地固定在这个轨道上。回了家还得做饭、洗锅、擦地板，因为宋缭卖冬虫夏草，每天回来比他晚。

以前这些活儿都是宋缭干，朱青从来没觉得有啥了不起，现在一旦轮到他，觉得又累又不自在。尤其是每天接送孩子，都是固定的点。碰上朋友请他喝酒，或者同事们打牌，他只能一次次拒绝。更糟糕的是星期天宋缭也上班，所以朱青就得洗衣服、收拾家、带孩子，他觉得自己被生活拖下了水。让他感觉唯一欣慰的是宋缭回了家不再总是念佛听经了，他们家向另一条轨道上发展。

这个月月底的时候，宋缭领了工资，居然有五千多元。宋缭懒散地躺在床上，一条腿跷起，一条腿伸得展展的，一堆钞票放在她脑袋边。朱青透过她跷起来的腿，看见黑色的蕾丝内裤，他忽然想自己很久没有和宋缭亲热了。

自从宋缭开始卖冬虫夏草之后，她开始注意化妆打扮了，以前她总是素面朝天，不化妆，不穿高跟鞋。现在开始穿黑丝袜、黑色蕾丝内裤、高跟鞋，每天化得好像年轻了十来八岁。

这时的宋缭和以前成天跟着一群居士，跑庙的宋缭完全不一样，她让朱青想起"风韵""风骚"这些常用在女人身上的词，他想不到快四十岁的宋缭还能变成这样，这才短短一个月啊。朱青觉得自己很不了解和自己生活了十多年的这个女人。

还有一件让朱青愤愤不平的事是，宋缭说自己这个月只卖了二十几盒冬虫夏草。二十几盒冬虫夏草的提成加上保底工资就五千多，而朱青大学毕业已经参加了十几年工作，还是公务员，但一个月只能拿三千多元。

朱青觉得自己很可笑。儿子三四岁时问他世界上真的有蝙蝠、尼姑吗？他觉得儿子幼稚可爱。一个多月前他不是同样怀疑冬虫夏草有人买吗？

宋缭心满意足地做着冬虫夏草的推销活儿，身上好像随着这些虫子或草也有了华贵的气息。朱青分不清冬天了、夏天了，宋缭变成可爱的虫虫了，还是变成草了？他越来越觉得宋缭和以前不一样。她回家的时候，不知道什么时候开始带上酒味和烟草的气息。朱青猜不透她和谁去喝酒，是她自己抽烟，还是在一堆抽烟的男人堆里混，他好久没有吻过宋缭了。

朱青的单位开始动人了。提拔两个人,可是符合条件的有五个。那段时间,单位压抑死了。每个待提拔的人脸上都成天洋溢着笑容,抢着干一些平时谁都不愿动手干的像擦桌子、拖地等活儿,而且以过生日、孩子考出好成绩了等各种名义在不同范围内请客。可是只要剩下这五个人中间的某几个在一起,他们就都小心翼翼避免说错话,或言不由衷地互相讨好对方。朱青觉得累极了,可他还得跟着这种游戏规则进行,所以经常顾不上按时接孩子,回了家也没有精力做家务。这个时候他怀念宋缭以前不工作的日子,待在家里接送孩子,把一切家务做好。

在会议室投票民主推荐时,从来没有给大家倒过水的人破天荒站起来给每一位领导和同事倒水,有人大方地给每一个人发烟,还有的没话找话和周围的人套近乎。朱青想人真他妈的贱,最贱的是明知道发贱还要厚着脸皮去做。

组织部门宣布推选结果的时候,那些和自己没有多大关系的人开始收拾茶杯、纸笔,这五个人则提心吊胆。推荐上的两个人中间没有朱青。朱青觉得心里一下空落落的,仿佛十几年都白干了,他甚至怀疑起自己的为人处世有问题,进而憎恶起自己的同事来。他想假如不是宋缭每天不回家,他不用每天接送孩子,做家务,而是和同事们混在一起,喝酒、打牌,结果可能不会是这样。他心里翻江倒海,可是还得装出一副笑脸和人们打招呼,心里明白,再等这样一次机会又得几年之后,到时轮上谁还不好说。可是目前,坐在他对面的两个同事马上就要成为他的领导了,他们的工资要比他的高了,他们可以用单位的公车了,他们吃饭可以签单了。差了这一步,他这辈子可能就永远和他们差下了。

晚上,两个被提拔的人请客。朱青不想去,可是又不能不去,不去马上会被别人说是小心眼。他只好先把孩子送回家,给他煮了包方便面。然后去赴宴。去了他本来准备不喝酒,可是酒场上谁能控制好自己,结果就喝高了。

朱青回到家里,宋缭正在做面膜。朱青看着她白乎乎的脸觉得恶心,没有打招呼就进了自己睡的房间,一头栽倒在床上。那天晚上,他做了一个奇怪的梦,梦见自己一觉睡了几千年,醒来之后,人都进化得不用腿走路了,胳膊一张就可以蝙蝠一样滑翔。

第二天,朱青上班的时候,单位门口公示出要提拔的两个人的情况。朱青装作不在意的样子,可是心里依然难受。

朱青还是每天做那千篇一律的工作,然后接送孩子,做家务。宋缭回家的时候越来越迟。有几次,儿子都睡着了,她还没有回来。朱青想,卖冬虫夏草用不着这么晚才关门,他想宋缭一定去哪儿应酬去了。他想起自己以前经常在外应酬,回家很晚,宋缭一个人待在家里,一定寂寞无聊,才看佛经、听佛乐。朱青拿起一本宋缭的佛经,漫无目的地翻着,忽然,佛陀的几句话吸引住了他,一晚上,他盯着这几句话不停地琢磨,觉得很有意思。第二天上班的时候,他还在琢磨这几句话。有几次别人和他说话,他都没反应过来。但琢磨来琢磨去,还是把握不准。一下班,回家后,朱青便去找相关释义的那些经书。几天后,看完一本,感觉好像更模糊了,再去寻另一本。朱青没有想到自己这样一下扎了进去,觉得佛门教义深不可测,对世道人心颇有用处。

朱青开始留心历代高僧大德的讲解,并开始登陆一些佛教论坛和别人切磋。尤其是他了解了弘一大师、梁漱溟这些人物的经历后,一下觉得人生应该有更高的追求。他觉得自己以前为职位、为钱这些虚妄的东西发愁,很可笑。朱青不再为没有提拔自己愤愤不平,也不去计较宋缭每月进账多少,他觉得钱真的不是什么,他明白了为什么以前宋缭对钱不上心。但是他忽略了宋缭为什么现在只是一心想赚钱,不再钻研佛经。

朱青想和宋缭讨论一下他对佛教的理解,可是找不到机会。宋缭总是忙,白天站柜台,晚上有没完没了的应酬。回了家不是喊着累爬在床上不动,就是喝高了睡觉,和朱青以前几乎一模一样。真不知道一个卖冬虫夏草的售货员哪里来的那么多应酬?但朱青看见宋缭越来越年轻了,她眼角的鱼尾纹不见了,皮肤也白皙细腻起来,尤其是头发,一根根干净飘逸,不见她在家里洗头,不知道怎么会保持成这样?当宋缭喝高,躺在儿子旁边睡着的时候,朱青闻着妻子身上散发出来的淡淡的香水味,觉得她越来越陌生。

说起来也真是可怕,几个月时间,朱青找不到一次和宋缭好好交流的机会。有一天晚上,宋缭竟然没有回家。朱青搂着儿子在床上瞪大眼睛待了一晚。

有了第一次,很快就有了第二次、第三次。朱青在家里越来越沉默寡言,几个月时间他老了许多,做完家务,照顾好孩子之后,他手里总是拿着一本佛经,整个人身上有了越来越多的暮气。

天气转凉的一天,朱青看到有个周末举行放生活动,他想到妻子现在的情况,觉得这完全是一种因果,就报名参加了。

那是个天气非常好的日子。朱青去早市上买了两只鸽子,到了约定的地方,已经有七八个人等在那里。他们有的手里提着笼子,里面圈着几只喳喳尖叫的麻雀;有的拿着灰色的尼龙袋子,里面的东西扭来扭去,看样子像是几条蛇;还有的用塑料袋拎着几条鱼。等了一会儿,又来了四五个人,人齐了,一起坐面包车向远处的黛青色的大山驶去。坐在朱青旁边的是一对母女,母亲衣服穿得很朴素,年纪看起来不大,却有不少白发。她面容很慈祥,一看到她的女儿就笑,眼睛发亮。她的女儿大概八九岁,长得非常漂亮,有两只又黑又大的眼睛,特别爱说话。朱青看到这对母女,不由想起以前的宋缭和儿子。一个年龄差不多和朱青一样大的戴眼镜的男人,不住地逗那个女孩,使得车里的气氛十分快乐。

望着越来越空旷的田野和高大的树木,朱青的心情慢慢变得舒畅,感觉这次出来像一次郊游。他想起他们一家放风筝的那天。就是从那天开始,他和宋缭好像掉了个个。

到了二龙山车停住,人们拿着东西下来。这真是一个好地方,特别安静,也特别干净。到处是绿油油的树木和草丛,山前还有一条小河，清澈见底，朱青不知道自己有多少年没见这样干净的河流了。他们来到一个小山谷，把准备放生的小动物集中在一起，人们围着它们站成一圈。召集活动的人拿出一包经书，发给每人一本。然后选了《大悲咒》带头念起来，朱青他们跟着他边念边围着小动物们转圈。那个小女孩跟着念了不到三分钟，就没有耐心了，跑到小河边去玩。念了大约半个小时经文，领头人带领大家开始放生。他带来的是一只喜鹊，一打开笼子，喜鹊迫不及待地钻出来，在地上蹦了几下，马上飞走了。朱青他们把鸽子、麻雀、蛇、鱼都弄出来，这些动物纷纷择路逃跑，有些甚至只顾逃命，放过了自己的天敌。

回程的路上，朱青感觉心里轻松了些，他希望今天宋缭能早些回家。可是他看到邻座的小女孩很不开心。朱青想大概是出来时间长了，没人陪她玩，她嫌闷。那个戴眼镜的男人也感觉到了小女孩的不开心，开始逗她。可是他无论说什么，小女孩都沉默着不说话。她妈妈说，叔叔和你说话呢，你怎么这么没礼貌？小女孩忽然开口了，激动地说，叔叔，你们放生就放生吧，为什么还要念经？一到这儿就把它们放了多好。我看见那些麻雀想飞出去，有几只头上已经碰出了血，有几条小鱼已经死了。

车上一下静了。

望着小女孩乌黑的大眼睛，朱青的心乱了。

北岳爱情小说书目

李骏虎　　　　　　　《婚姻之痒》　　　　28.00 元

鲍　贝　　　　　　　《观我生》　　　　　26.80 元

孙　频　　　　　　　《绣楼里的女人》　　25.00 元

田文海　　　　　　　《三十里桃花流水》　36.00 元

昂旺文章　　　　　　《嘛呢石》　　　　　29.80 元

冰可人　　　　　　　《爱你若如初相见》　36.00 元

小　岸　　　　　　　《在蓝色的天空跳舞》28.00 元

朱文颖　　　　　　　《戴女士与蓝》　　　24.00 元

符利群　许绘宇　　　《纸婚》　　　　　　30.00 元

鲍　贝　　　　　　　《独自缠绵》　　　　29.80 元

李骏虎　　　　　　　《奋斗期的爱情》　　26.80 元

鲍　贝　　　　　　　《空阁楼》　　　　　29.80 元

于晓丹　　　　　　　《1980 的情人》　　　39.80 元

李骏虎　　　　　　　《此案无关风月》　　28.00 元

鲍　贝　　　　　　　《松开》　　　　　　28.00 元

王秀梅　　　　　　　《浮世筑》　　　　　28.00 元

杨　遥　　　　　　　《我们迅速老去》　　28.00 元

手　指　　　　　　　《鸽子飞过城墙》　　28.00 元

······

欢迎荐稿　欢迎赐稿

邮箱　274135851@qq.com